望まぬ不死の冒険者 ninth [9] 丘野 優／Illustration じゃいあん

——吸血鬼《ヴァンパイア》の特殊能力《分化》

「……はっ!? ええと、
はい……な、なるほど……
こう、ですか?」

ninth

[9] 望まぬ不死の冒険者

The Unwanted Immortal Adventurer

著 丘野 優 Yu Okano

イラスト じゃいあん Jaian

登場人物紹介
Character

シェイラ・イバルス

冒険者組合《ギルド》受付嬢。レントの秘密を知る人物。

ロレーヌ・ヴィヴィエ

学者兼銀級冒険者。不死者《アンデッド》となったレントを補佐する。

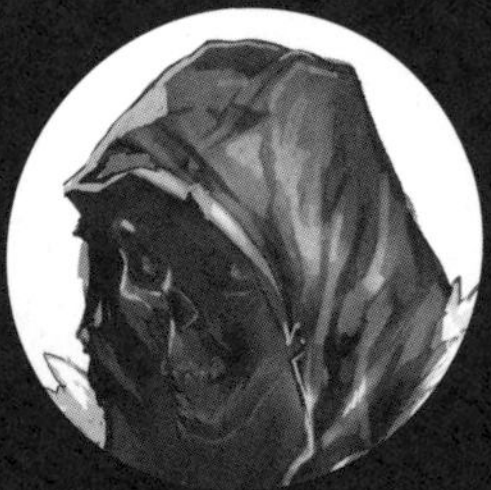

レント・ファイナ

神銀級《ミスリル》を目指す冒険者。迷宮の“龍”に喰われ不死者《アンデッド》となる。

エーデル

小鼠《プチ・スリ》と呼ばれる魔物。孤児院の地下でレントの血を吸ったことにより眷属化した。

アリゼ

孤児院で暮らす少女。将来の夢は冒険者。レントとロレーヌの弟子となった。

リナ・ルパージュ

屍食鬼《グール》となったレントを助け街へ引き入れた駆け出し冒険者。レントの眷属となる。

ウルフ・ヘルマン

マルト冒険者組合長《ギルドマスター》。レントを冒険者組合《ギルド》職員に誘う。

イザーク・ハルト

ラトゥール家に仕えており、《タラスクの沼》を攻略するほどの実力を持つ。

ラウラ・ラトゥール

ラトゥール家当主。魔道具の蒐集を趣味とする。《竜血花》の定期採取をレントへ依頼。

ニヴ・マリス

金級冒険者であり、吸血鬼狩り《ヴァンパイア・ハンター》。現在、白金級《プラチナ》に最も近いと評価されている。

ガルブ・ファイナ

レントの大叔母にして、薬師の師匠であり、魔術師。

カピタン

ハトハラーの村の狩人頭。高度な《気》の使い手。

ヴィルフリート・リュッカー

大剣を武器とする神銀級《ミスリル》冒険者。幼少のレントと再会を約束する。

ジンリン

冒険者になる夢を持つレントの幼馴染み。狼に襲われ命を落とす。

ミュリアス・ライザ

ロベリア教の聖女。神霊の加護を受けており、聖気を操る特異能力者。治癒と浄化に特化した能力を持つ。

あらすじ

“龍”に喰われ、不死者《アンデッド》となった万年銅級冒険者・レント。魔物の特性である存在進化を用いて、屍食鬼《グール》への進化を果たす。リナの助けを得て都市マルトに住むロレーヌの家へと転がり込んだレントは、名前を偽り、再び神銀級《ミスリル》冒険者を目指すことに。マルトの街を襲った吸血鬼《ヴァンパイア》を、ニヴやイザークたちと共闘し、事態を収めたレントたち。ラウラの血によって存在進化したレントは、リナとともにイザークから吸血鬼《ヴァンパイア》の代表的な特殊能力《分化》を教わることに……。

CONTENTS

第一章　能力の把握

ラトゥール家の庭、と言ったら屋敷と生垣迷宮に挟まれたところになる。

反対側にも中庭があるが、そちらは植物園とか薬草園などがあって、そこで荒っぽいことをしてもいいという感じではない。

「その点、こちら側ですと、多少荒らしても迷宮の力で修復することが容易です。ですので、遠慮なさらずに暴れてくださって結構ですよ」

イザークが生垣迷宮を前にそう説明した。

今更ながら思うことだが……。

「あの生垣迷宮って魔道具の力で作られたものだって話だったが……？」

「あぁ、それは本当ですよ。本物の迷宮を模して造られた、古い時代の魔道具だということです。ただ、本物のように魔物を生み出したり、大きく周囲を侵食したりは出来ないようですが……」

それを聞いて、少し安心する。

これもまた、《迷宮核》を抱える迷宮の一つだと言われたら……ちょっと恐ろしい。

まぁ、ラウラが迷宮の主で、彼女は真実、マルトという都市を守るつもりでいるようだから問題ないのかもしれないが、彼女が何らかの理由で迷宮の主の座を降りてしまった時のことを考えるとな……。

長い時を生きる吸血鬼《ヴァンパイア》だからその心配はいらないのかもしれないが、考えずにはいられなかった。

仮にそうだとしても、俺に出来ることなんてそれほどなさそうだけど。

代わりに迷宮の主の座に納まるとか？

悪くはないが……何か制限があるという話をしていたしな。

良い思いつきではないだろう。

「ともかく、少しくらい壊しても問題ないってことか。安心しておくよ」

「ええ。それじゃあ、始めましょうか。まずはレントさんの身体能力や出来ることの確認からですね」

イザークがそう言ったので、とりあえずはそこから始まった。

◆◇◆◇◆

最初は腕力の確認あたりからかな。

そう思って、その辺に落ちている石を拾って握ってみた。

すると、ぱきり、とすぐに罅《ひび》が入り、ぼろぼろと崩れ落ちていった。

「……魔物の体だ、と分かっていても凄《すご》いものだな。身体強化の類は使用していないのだろう？」

ロレーヌがそう尋ねてくる。

もちろん、その通りなので俺は頷《うなず》いた。

「ああ。単純な腕力はかなり上がってみるみたいだな。さっきもドアノブを握りつぶしてしまって、困った」

「……レント、我が家のドアノブは壊すなよ」

ロレーヌに釘《くぎ》を刺される。

そりゃあ、俺だって好き好んで壊したわけではない。

もちろん、ロレーヌの家のドアノブだって破壊するつもりはないが……腕力の調整を身に付けないとまずいな。

そう言えば、俺はこんなだが、もう一人、感覚がかなり変わっているだろう者がいる。

「リナはその辺りどうなんだ？　腕力とか」

「まだ試してないんですけど……」

そう言ったので、彼女にもその辺から拾った石を手渡し、握ってもらう。

「う～ん……!!」

物凄く一生懸命力を入れて、しばらく。

ぱきり、という音がしてしっかりと石が割れた。

「おぉ！」

とリナは驚いた顔をする。

人間だった時には、出来なかったことなのだろう。

世の中には割とびっくり人間がいて、素手で石を握り潰せる奴《やつ》というのは人間にもいないわけではないからな。

たとえば、神銀級《ミスリル》の冒険者なんかは間違いなく可能としているだろう。

金とか銀でも腕力自慢は出来る可能性がある。

だが、リナはついこないだまで普通の駆け出し冒険者をしていた少女である。

こんなことが出来ていたわけがなかった。

「リナもやっぱり身体能力が上がってるんだな……」

俺がそう呟《つぶや》くと、イザークも頷いて言う。

「リナさんは概《おおむ》ね、下級吸血鬼《レッサーヴァンパイア》クラスといったところですね。単純な腕力を比べますと、実のところ屍鬼《しき》の方が強かったりするので、大したものでもないのですが、それでも通常の人間と比べますとかなり違います。魔力などはいかがです?」

その質問は、俺とリナ両方に向けられたもので、とりあえず魔術を使ってみようか、ということになる。

と言ってもリナは大した魔術を使えないらしかったので、まずは俺が呪文と合わせて手本を見せることになった。

「……ええと……火よ、我が魔力を糧にして、ここに顕現せよ……《点火《アリユマージュ》》」

以前も使った、基礎の基礎である。

とはいえ、以前もしっかりと異常な効果を発揮してくれたので、みんなにはかなり離れてもらっていた。

そして発動した魔術は、案の定……。

「……これは、もう点火というより放火だな……」

立っている火柱を見ながら、俺はそう呟く。

生垣迷宮が延焼しないかと不安だったが、火に触れても殆《ほとん》ど燃えなかった。

生木だからなのか、それとも他に理由があるのか……。

まぁ、これだけの火炎である。

生木であっても普通ならそれなりに景気よく燃えるだろう。

つまり、おそらくは生垣迷宮の方が特殊である可能性が高い。

「……今ほどの魔術は流石《さすが》に私には使えませんよ……？」

火柱がおさまってから三人が近づいてきて、その中のリナが言う。

それに対してロレーヌは、

「何か勘違いしているかもしれんが、今のは初歩の生活魔術の《点火《アリユマージユ》》だぞ。魔術を一つでも発動させられる魔力量を持っているのなら、それこそ誰でも使えるものだ。リナに使えないはずがない」

リナとロレーヌは俺が眠っている間にしっかりとお互いに交流して仲良くなっているようで、気安そうだ。

ロレーヌは妹と実験動物が一緒に手に入ったような感覚で、リナは姉と美味《おい》しそうな食料が一度に出来たような気分で楽しいらしい。

……お互いに超物騒な関係だな。

まぁ、二人がそれでいいっていうのならいいんだけど……いいのか？

若い娘たちの考えることは俺には分からん。

などと思考がおっさん化したところで、リナがロレーヌに驚愕《きょうがく》の表情を浮かべつつ言う。

「今のが……生活魔術……？　確かに詠唱はそうでしたけど、生活魔術って、あんな家一軒を焼き尽くすようなものを指す言葉でしたっけ？」

「生活魔術とは、魔力消費量が少ない代わりにその効果も極めて小さく、日常生活に多少役立つ、程度の効果しか望めない魔術のことを指す。まぁ、あくまで通称で、学問上は別の呼び名だが……学者くらいしか使わんのでいいだろう。ともかく、そういう定義からすると、レントのあれは生活魔術であって生活魔術ではないな」

「ですよね……」

食料と実験動物が人を化け物を見るような目で見ていた。

ひどい。

◆◇◆◇◆

まぁ、流石に実験動物も食料も冗談だが。

……冗談だよ？

たぶん。

実際に実験もされるし食料にもされると思うけど。

ともかく、確認を続けなければな。

俺の魔力についてはもういいだろう。

かなり上がった、ということは分かる。

それでもまだまだ上には上がいるくらいでしかないだろうが、銅級だったころの俺と比べるとな……。

大体、百五十レントくらいにはなったんじゃないかな?

いや、適当だけども。

級で言えば金級の平均値くらいはあるかもしれない。

ただ、魔術の方は未《いま》だに大して使いこなせていないから、魔術師としての腕は銅級クラスの魔術師にも負けるだろう。

……いいんだ、総合的に見て、それなりならさ……。

「リナ、あまりレントを手本にしなくてもいいからな。あいつは、色々と変わっているからな。もちろん、あいつを何かの平均値とかを出すとき勘定に入れるのは間違いだ。平均値を出すときには、常に異常値として弾《はじ》かれるべきタイプだからな」

ロレーヌがリナを慰めるようにそう言う。

……確かに俺は何かの平均を出すのに使う数値として妥当なものを出せるような感じじゃないけ

ど、もうちょっと柔らかく言ってくれても……と思わなくもない。

まぁ、それは別に今に始まった話でもないからいいのだが。

こうやって不死者《アンデッド》になる前も、強さという点から見ると全く大したことなかったが、気、魔力、聖気という全部持ちだったり、強くもないのにソロに拘《こだわ》ってたり、変わった方向に突き進んでいた自覚はある。

普通、俺くらいの腕だったらさっさと諦めて別の職業に就くか、同じくらいの実力の者たちと組んで、適度な仕事を効率よくずっと続けて日銭を稼ぎ続け、目標金額が貯《た》まったら抜けて、宿屋なり行商人なりにクラスチェンジ、というのがそれこそ平均的な生き方だからな。

昔仲良かったけど芽が出なかった奴らは大抵そんな風になっていった。

あいつら元気かなぁ、とたまに思わないでもない。

マルトに居残っている奴は少数派なのだ。

やっぱり冒険者になる時点で、風来坊気質というか、自由に世界を回りたいみたいな感覚があるのか、生まれた街や拠点に居つく奴は少ないのだった。

……話が逸《そ》れたか。

「……でも、私も下級吸血鬼《レッサーヴァンパイア》……のようなものになったわけですし、レントさんと同じように異常値に入る方になってしまったのでは？」

リナが意外にも冷静にロレーヌにそう尋ねた。

……いや、そんな意外でもないか。

初めて俺と会った時も、最初は驚いていたし腰が引けていたところもあったが、一度受け入れたら俺よりもアグレッシブだったからな。

こんな枯れた死体の体じゃ、街なんかいけないよ……と意気消沈に近かった俺に、全然いけると言い続けたのは誰あろう彼女である。

前向き、という一点においては、俺よりも遥《はる》かにリナの方が上なのだ。

ロレーヌも、そんなリナの性格が見える台詞《せりふ》に、ほう、という顔をし、それから答える。

「確かにレントから血を受けているわけだから、その可能性はあるな。それは試してみれば分かることだ……そう言えば今更というか、落ち着いただろうから尋ねるが、リナは吸血鬼《ヴァンパイア》になったことについては驚きや困惑というのは無いのか？　なんだか随分とあっけらかんとしているように感じられるが。イザーク殿にそう言われたときも、取り乱していなかったし、あのときはいきなりだから状況を把握していないのかと思っていたが、今はそんなこともないだろう？」

ロレーヌの質問にリナは、

「あぁ……そう言われると、そうですね。普通ならもっと混乱しそうです。でも、私はレントさんに会ってますから。魔物になっても、不死者《アンデッド》になっても、優しい人は優しいって知ってます。それに……うーん、なんて言ったらいいのか分からないんですけど、今の私、こう、感情の起伏が若干少なくなっているというか……」

それを聞いて、ロレーヌは納得したように頷いた。

「衝撃は屍食鬼《グール》レントに遭遇した時点で消化しきったということか。それに加えて……確かに、レントも以前そういう話をしていたな。不死者《アンデッド》になると、感情の起伏が小さくなる、と。これは一般的な話なのですか、イザーク殿」

ロレーヌがイザークにそう話を向けると、彼は頷く。

「私は生まれつきの吸血鬼《ヴァンパイア》ですので、実感としては分かりかねますが……人から吸血鬼《ヴァンパイア》になると、確かにそのようになる傾向があるようですね。と言っても、全く感情がなくなるとか、そういうわけでもないようです。取り乱しにくくなり、より合理的な思考に近づく、という感じだ、と人から吸血鬼《ヴァンパイア》に身を変えた方に聞いたことがあります」

「ほう……レントとリナはかなり珍しい例外かと思っていましたが、今でも吸血鬼《ヴァンパイア》に身を変える人間というのはいるのですか」

「主もおっしゃっておられましたが、伴侶を作るときが稀《まれ》にありますから、そういうときには。ただ、それほど聞きませんね。現代の吸血鬼《ヴァンパイア》は大抵、同族から伴侶を選ぶもので。もしくは戯れに人と交わる者もいますが、そういった場合に相手を同族にすることも少ないです」

吸血鬼《ヴァンパイア》は、吸血鬼《ヴァンパイア》同士で子供を作ることが可能、ということか。

前者の方については全く分からないが、後者の方……戯れに、という方は稀に噂《うわさ》などで聞く。と言っても大体が嘘《うそ》や勘違いだったりするのだが、吸血鬼《ヴァンパイア》と人の混血児、つまりは半吸血鬼《ダンピール》という奴の話である。

魔物との間の子だ、と言って田舎の村で迫害されていたりするのだが……調査してみると別に半吸血鬼《ダンピール》などではなく、制御しきれない特殊な魔眼持ちとか、魔力が多すぎて無意識に周囲に影響を与えていたとか、そんな場合が大半だ。

本物の半吸血鬼《ダンピール》など、それこそ冒険者でいう神銀級《ミスリル》クラス並に珍しいのではないだろうか？

少なくとも俺は見たことがないな。

俺が見たことのない魔物など、数えきれないほどたくさんいるけれども。

ただ、こういった偽半吸血鬼《ダンピール》の噂は結構集める人間が多いので、俺も小遣い稼ぎにこまめに聞いてまわっていたりする。

なぜかと言えば、さっき言った魔眼とか魔力が多いとかいうところが、魅力的だからだ。

それは、別に生贄《いけにえ》にするのにちょうどいい、とか、魔眼を取り出して移植するために、とかいう物騒な話ではなく、普通に弟子を欲する魔術師や騎士団とか国軍とかが、将来有望な存在を発見するために活用できるからだ。

まぁ、本当に特殊な魔眼持ちや多量の魔力を持つ者がいるということもそう多くはないんだけどな。

◆◇◆◇◆

「吸血鬼《ヴァンパイア》の生態について、もっと色々と尋ねたいところだが、それは後にしておこうか。ともかく、リナの感覚は吸血鬼《ヴァンパイア》になったことによる影響と、元々ショックを受けるという段階はすでに通り過ぎていたから、という感じだな。リナが酷《ひど》く取り乱すようなタイプでなくて良かったよ」

ロレーヌがそう言った。

リナが首を傾《かし》げて、

「私が取り乱していたらどうしてましたか？」

と尋ねる。

するとロレーヌは、

「……話して分かるなら、根気よく話しただろう。そもそも、いきなり吸血鬼《ヴァンパイア》になったんだ。ある程度は取り乱して当然だ。だが、そのあと、街に出て自分が吸血鬼《ヴァンパイア》になった、とか喧伝《けんでん》するようなことをしかねなかったら……」

「しかねなかったら？」

「……排除していたかもな。その場合は私たちにとって有害だ。仕方がない」

そう言った時のロレーヌは、至極自然で、何も気負っているところがなかった。

そのことがむしろ恐ろしい。

情がないわけではないが、その情はひどく合理的な部分がある。

割り切りが早く、二択しかなかったら重要な方を即座に選んでもう片方は切り捨てる、ということが出来る性格なのだ。

この場合は……俺とリナ、どっちを選ぶか、ということだろうな。

別にリナがいらないとか邪魔だとか思っているわけではないだろう。

しかしどうしようもない場合には、仕方がない、となるということだ。

リナがポジティブな性格をしていて良かった……。

そしてこんなことを言われたら普通は、ひどい！　となりそうなところだが、リナも割とその辺りの感覚が普通とは違うようだ。

吸血鬼《ヴァンパイア》になった影響である、感情の起伏の低下に基づくものだろうか。

リナはロレーヌに至極冷静に言う。

「なるほど、でも、そんなことするものですか？　吸血鬼《ヴァンパイア》になった！　なんて街で喧伝してたらすぐに捕まるか殺されるかしちゃうじゃないですか。私、死にたくありませんよ……不死者《アンデッド》が生きてるか死んでるかは微妙ですが……」

「確かにな。ただ、教会なんかに行けばどうにかしてもらえる、とか考えるおめでたい頭の者もいるからな。ありえないとは言い切れん」

「あー……確かに。それはありそうですね……」

実際、ロレーヌの言う通り、自分が不死者《アンデッド》になったら、教会に行けば治してもらえるんじゃないか、と思う人間は決して少なくないだろう。

宗教団体は不死者《アンデッド》について不浄なるものとして扱っており、そしてそれを浄化できる聖術を使える聖者たちがいるわけだからな。

その力に縋《すが》れば元に戻れるんじゃないか、と思うのは何も突飛な思考というわけではない。

ただ、現実にはそれは無理だ。

聖者や聖女の言う浄化とは、つまりこの世からの完全消滅であって、魔物から人間に戻す技法ではないのである。

憑依《ひょうい》しかけの悪霊とか、そういったものであれば消し飛ばせばいいだけだから戻れる可能性はあるだろうが、体が完全に魔物に変わってしまっている場合には……俺の知る限り元に戻る方法はない。

だから行っても無駄なのだ。

むしろ、断頭台に自ら進んで首を差し出すような真似《まね》に近い。

それはリナも分かっているようで、

「私はそんなこと絶対にしないので安心してください」

「そのようだな。ま、それならうまくやっていけそうだ……っと、だいぶ話が逸れたな。リナの魔術を見るのだった。呪文の方は分かったな？」

「はい……ただ、あんな威力出せる自信はありませんけど」

「なくていいんだ。むしろあれはある種の失敗のような気もする……発動させる自信は？」

「それは大丈夫です。剣士として、魔力は身体強化や武器の強化にばかり使ってきましたけど、初歩魔術くらいなら……それ以上となるとちょっとあれなんですけど」

「ちょっとあれとは？」

「私、騎士である兄にずっと武術を学んできたもので……剣術に関わる強化ならともかく、それ以外の魔術の方は、あまり教わってないんです。だから初歩魔術くらいしか……」

リナの兄と言えばヤーラン王国第一騎士団に所属している、イドレス・ローグだったか。

彼は今、王都に戻って仕事をしているのだろうが、彼のこと……というか、リナの家族のことも考えなければならないなとそれで思う。

娘なり妹なりがいきなり吸血鬼《ヴァンパイア》に、なんてことになっていたら、大問題だろうからな……。

あとでその辺りをどうするか聞かなければならない。

「ふむ、騎士か。ヤーランの騎士がどれだけのことを出来るかは分からんが、帝国騎士なら魔術であれば中級程度は修めているのが普通だったかな……ま、使えるなら問題ないだろう。では、やってみろ」

ロレーヌがそう言ったので、リナは前に出る。

俺とイザークはそこから少し離れて見守る。

俺のときのようなことにはたぶんならないとは思うが……絶対とは言い切れないからな。

そして、リナは呪文を口にする。

「……火よ、我が魔力を糧にして、ここに顕現せよ……《点火《アリュマージュ》》！」

すると、リナの手の平の先から、ぼう、と親指ほどの大きさの火が噴き出る。

「……普通だな」

ロレーヌがそう言い、続けてイザークも、

「普通ですね」

と頷いた。

別に期待外れというわけでもないが、なんとなくそんな雰囲気が漂ってしまったのは、俺がおかしな結果を出してしまったからに他ならず、申し訳ない気分になる。

しばらくして、火が消えた後、ロレーヌはリナに尋ねた。

「魔術を使ってみてどんな感じだった？　やはり、以前とは違うか？」

「あんまり疲れないなって思います。魔力も減った感じがしないです」

「……確かに、駆け出しにしては魔力量が多いな。下級吸血鬼《レッサーヴァンパイア》の魔力量がどの程度なら普通なのかは分からないが……イザーク殿？」

「そうですね……生活魔術程度でしたら、連発しても尽きることはない、という感じでしょう。回復量も人よりかは多いので、総合してみると人族《ヒューマン》の中堅どころの魔術師くらいです」

「下級吸血鬼《レッサーヴァンパイア》でそれほどなのか……それよりも上となると……やはり恐ろしいな」

中堅どころ、なんて聞くと大したことないように聞こえるが、魔術師の攻撃力は極めて恐ろしい。

それだけの魔力量があれば、真面目に魔術を学んで身に付けているのなら、国に仕えて十分に出世できるくらいだからな。

まぁ、魔術を使えなければ宝の持ち腐れだが……。

◆◇◆◇◆

「腕力と魔力は見た。他には……レントからは何かあるか？」

ロレーヌがそう尋ねてきたので、俺は言う。

「そうだな……一応、リナは俺から血を受けたってことで、眷属《けんぞく》扱いになるんだよな？」

「一般的な吸血鬼《ヴァンパイア》だとそういうことになるが……」

言いながら、ロレーヌはイザークを見る。

ロレーヌも色々と吸血鬼《ヴァンパイア》については詳しいだろうが、こういう点については吸血鬼《ヴァンパイア》そのものがいるのだから本人に聞いた方が早い。

イザークは頷いて、

「そうですね。基本的にはそういうことになるかと。例外としては、眷属側の力量が主を上回った場合には独立されることもある、ということでしょうか。これはあまり人の間では知られていないかと思いますが……」

そう言ってロレーヌを見る。

ロレーヌは、

「確かに、初耳ですね。人族《ヒューマン》にとって調べようのない情報だからということでしょうが……ちなみによくあることなのですか？」

「あまり、ないことですね。かなり難しいことですから。眷属が地力を上げても魔力や血は主に徴収されるものですし、そうなると普通ならば無理です。例外として、主の方がそれを推奨している場合には不可能ではないでしょうが、そこまで余裕がある吸血鬼《ヴァンパイア》というのは……一般的に言って相当強大なのものですから。単純に超えることそのものが難しいでしょう」

「なるほど……ちなみに徴収とは？」

「眷属が得た血や魔力を主は強制的に奪うことが出来るのです。これだけ聞きますと、奴隷のように屍鬼《しき》や下級吸血鬼《レッサーヴァンパイア》を使役しているイメージになるかもしれませんが、逆に与えることも出来るので必ずしも眷属にとって悪いことしかない、というわけではありません。たとえば複数の眷属を抱えている主が、その眷属たちに血を集めさせたはいいが、それぞれが集めた血の量がバラバラだった場合に、それぞれから徴収し、平等に分け与える、ということが可能です。狩りに失敗した場合のリスクを下げられるのですよ」

それはデメリットもありそうだが、人間の血なんて得ようと思っても難しいものだからな。吸血鬼狩り《ヴァンパイア・ハンター》なんて存在も結構いるわけだし、警戒しながら街で血を得ようと思っても失敗することは少なくないだろう。

主の方はそういう能力を使って、眷属を支配している、ということかな。

「俺にも出来るのかな、それって」

俺がそう言うと、イザークは少し悩み、

「それははっきりとは……。しかし、血を摂取する魔物であることは同じであるわけですし、眷属を得られるのも同じでした。眷属とて血は必要でしょうし……小鼠《プチ・スリ》のエーデルさんも、血は必要なはずです。今まではどうなさっていたのですか？」

と尋ねられた。

今までは……こいつにもロレーヌの血を与えていたが、体の大きさが俺と違うからか消費量も俺よりずっと少ない。

一滴の血で三日はもつくらいだった。

そうイザークに言うと、

「レントさんは極端に血の摂取量が少なくて済むタイプのようですから、エーデルさんもそうなっているのかもしれません。それか、勝手にレントさんから補給している、ということも考えられますが」

聞き捨てならないことを言うイザーク。

勝手に？

「それはどういうことだ？」

「主の方が特に制限していないのであれば、眷属は主から血や魔力の補給を自由に受けられるのですよ。ですから……」

エーデルもそうしているのでは、というわけだ。

なるほど、心当たりはある。

魔力や気、聖気を勝手に持ってかれたことがあったからな。

血も同じということだろう。

俺は補給基地か……。

まぁ、いいけどさ。

しかしエーデルに出来るなら……。

「リナも出来るのか？」

リナにそう尋ねてみる。

元人間と、元小鼠《プチ・スリ》という違いはあるが、カテゴリとしては同様に俺の眷属なのである。

リナも出来ると考えるべきだろう。

というか、初めに聞こうとしていたのは、これだ。

リナも、エーデルと同じように俺の魔力などを活用したり出来るのか。

出来るとすれば、かなり便利で、リナの力の底上げが出来る。

やっぱり魔力なんかは何をおいてもとりあえず量があることが大事だからな。

その意味で、かなり多めの魔力を持つようになった俺から魔力を持っていけるのなら、リナにとってもいいはずだ。

魔物になってしまったわけだし、どんな場合に誰に狙われるかも分からないからな。

吸血鬼《ヴァンパイア》ではなく、もどきで、吸血鬼《ヴァンパイア》から見てもそれだとは分からず、人にしか見えないようだが、それでも用心はしておかなければ。

「……うーん。分かりません。どうやってやれば……」

リナは俺の質問にそう返してくる。

しかし、俺の肩に乗っていたエーデルがぴょん、とリナの頭の上にジャンプして、ぺしぺしとそのおでこを叩《たた》くと、

「……はっ!? ええと、はい……な、なるほど……こう、ですか？」

と独り言を言い始めた。

そして、その直後、俺の体の中にある魔力が若干目減りする。

「……ふむ。リナの魔力が増えたな？」

ロレーヌがそう呟く。

俺はリナに尋ねる。

「……出来たのか？」

「えっ？　あ、はい。なんだかエーデルさんがやり方を教えてくれて、ですね……」

聞けば、エーデルが頭に乗っかった後、その意志が伝わって来たのだという。

そして、その内容は、俺から魔力などを引っ張るにはどうすればいいのか、その方法についてだったと。

いわく、コツとしては一切遠慮せずにもぎ取る感じでがばっとやるといい、という話だった。

……遠慮しないのか。結果としてそんなにたくさんの量は取られている感じはないから、正しいのだろうが。

俺の肩に戻って来たエーデルに尋ねると、慣れるまではそんなにたくさんは俺から力を引っ張れないらしい。

ただし慣れればどこまででも行ける、という。

結構危険な話だが……と思っていると、俺の許可がない限りは無理だからそこは主としてうまいこと調整してくれと言われた。

上司力が試されているのかな。

偉そうな鼠《ねずみ》と素直そうな若い女の子が部下か……。

よく分からない組み合わせだよな。

まぁいいか。

それより、リナについては魔力だけじゃなくて、聖気の方はどうかも試したいところだ。

◆◇◆◇◆

「魔力を俺から引き出せるのは分かった。だが他の力……気と聖気についてはどうだ？」

俺がそう尋ねると、リナは、

「……気はちょっと分からないですけど、聖気の方はいけそうな気がします。うーん……」

唸《うな》りながら何かを試すリナ。

しばらくすると、俺からリナに向かって聖気が流れていった。

やっぱり量は大したことがない。

大体、俺が銅級冒険者だったころに扱えた聖気の量くらいだろうか。

つまり、汚れた水を浄化するくらいが関の山だ。

それはそれで遠出する時などは重宝したのだが、聖者や聖女の起こす奇跡と比べるとしょぼいのは否めない。

若干イザークがリナと俺から距離をとっているのは、やはり聖気の気配が苦手なのだろうか？

尋ねてみることにした。

「イザークはやっぱり、聖気は……？」

すると苦々しそうな顔で、

「……あまり気分は良くないですね。骨人《スケルトン》程度の魔物とは違って、吸血鬼《ヴァンパイア》は少し浄化をかけられたくらいでどうこうなることは流石にないのですが、それでも……なんと言えばいいでしょう、煙で燻《いぶ》されているような感じと言えば分かりますか？」

「あぁ……まぁ、言わんとすることは。それは嫌だろうな……」

そうそう死にはしないにしろ、出来ればその中にいたいとは思わない。

そんなところか。

とはいえ、一応調べないとならないから少し我慢してもらうしかあるまい。

イザークもそれは分かっているようで、

「気を遣っていただかなくても大丈夫です。これくらい離れていればそれほどでもないですから」

そう言ってくれているので、お言葉に甘えることにした。

しかし、イザークはダメでもリナは全然平気そうだし……やっぱりリナも、俺の眷属ということで一般的な吸血鬼《ヴァンパイア》とは色々異なるのだろうな。

俺はリナに尋ねる。

「聖気を操ることは出来るか？　浄化や治癒、それに武具に流したり出来そうかって意味だが……」

聖気は魔力とは違う。

その理論や構成を知らなくても、なんとなく使い方が分かる。

ただ、それは自らの力で、というより直接に神や精霊から加護を与えられたからかもしれず、そういう事情ではないリナには出来ないかもしれない、と思って尋ねた。

まぁ、エーデルが出来ていたのだから、出来る可能性は高い、とは思っているけれど。

リナは言う。

「なんとなく、やり方は分かるような気がします。えっと……」

やってみようとして、何を対象に浄化なりなんなりをかけようか迷ったのだろう。

そんなリナに、ロレーヌが言う。

「……適当に使ってみればいいんだ。こんな風に」

そう言って、地面から生える雑草に向かって浄化をかけた。

彼女もまた、ヴィロだかゲトだかに信徒扱いされて聖気を宿されたうちの一人だ。

聖気を使えるようになっているのである。

つまり、宗教団体から見ると、紛《まが》うことなき聖女ということになるが……聖女って感じではないよな。

どっちかと言えば魔女っぽい……。

ま、あの神霊さまは存在が小さいからなのか、大した量の聖気があるわけでもないが。

それでも、浄化と軽い治癒くらいは使えるのである。

ロレーヌが浄化をかけた雑草は若干汚れがとれて綺麗《きれい》になり、さらに数ミリだけ成長した。

出張肥料の俺からするとまだまだな感じだが、彼女もまた、植物系の神霊の加護を得ているということがよく分かる。

彼女の場合は雑草に聖気宿る、みたいなことはないのだが。

そういう意味では俺はまだ特殊なんだよな……。

リナはロレーヌのやり方を見て、

「なるほど……」

と頷き、同じように近くにある雑草に浄化をかけた。

すると、ロレーヌがやったときと同じように雑草が少しばかり綺麗になり、数ミリばかり成長した。

聖気は……やはり、宿ってはいない。

試しに、俺が同じことをすると、雑草は数十センチ伸び、さらにぼんやりと聖気を発し始めた。

イザークがそれをみて、酷く臭う花を見たかのように眉をひそめた。

相当きついらしい。

「……すまない。持って帰った方がいいよな、これ」

そう言うと、イザークは、

「……まぁ、庭でも端の方ですし、ラウラ様でしたらぜひ置いていけ、と言いそうなので、そのままでも……」

と返してきた。

ラウラは……そうだった、珍しい魔道具集めが趣味だったな。

これも一応、大きく見ればそのカテゴリの中に入りそうだ。

そうではないとしても、魔道具作りの素材とかにはなりそうだし、だとすれば置いて行けと言いそうだというのは頷ける。

「ならそのままにしておこうと思うが、何か問題がありそうだったら連絡してくれ。すぐに回収するから」

一応それだけは言っておくと、イザークは頷いていた。

それにしても、リナは普通に魔力と聖気は俺から引き出して使えるのに、気は出来ないらしい。

なんでなのか……。

「気は全然引き出せそうにないのか？」

リナにそう尋ねると、うーん、と唸って何か頑張ってくれるのだが、

「……やっぱり、無理そうです」

とがっくりとしてしまう。

不思議に思っていると、これについてロレーヌが考察を口にする。

「おそらくだが、気については通常通り、修行が必要なのではないか？　もともと、戦士が自らの肉体を強化するために身に付ける力で、そのためにはかなりの修行を必要とするわけだろう？　リナがもともと使えていた魔力や、身に付ければ使い方がなんとなく分かる聖気とはその辺りが違う

のではないか」

なるほど、それは分からないではない。

自分の知らない力を引き出そうとしても出来ないというところかな。

しかし、そうだとするとエーデルはもともと、ある程度は気の使い方を理解していたということになるが……。

まぁ、思い出すに、もともとエーデルは小鼠《プチ・スリ》にしては若干手ごわかった。

少しだけだったかもしれないが、気が使えていた可能性はないではない。

別に人間にのみ発現する力というわけではないのは、その源が生き物に宿る生命力を基礎にした力であることから分かることだ。

それか、リナにはまだ慣れが足りないとかそういうことかもしれないが……。

その辺りは今後、調べていけばいいかな。

リナに気の使い方を教えてもいいし。

◆◇◆◇◆

「まぁ、調べるべきはこんなところかな？……いや、もう一つあったか。まぁ、変わらんかもしれんが一応やっておくか？」

ロレーヌがそんなことを言ったので、なんだろうか、と思って首を傾げると、呆《あき》れたような表情で言われる。

「……羽だ、羽。出力が上がってたらお前、月の裏まで吹っ飛んでいくかもしれないだろう？　広い場所で一度、どのくらいのものか試してみた方が良い」

……あぁ、と言われて納得する。

単純な腕力だけでもそれなりに調整しないと握手をするたびに握り潰すヤバい奴になりかねないのだ。

羽も増えた魔力や気を流して、結果どこまで吹っ飛んで……というのはあり得ない話じゃない。

「じゃあ、試しにやってみるか……。そういや、普通、吸血鬼《ヴァンパイア》って羽とか生えてないよな？」

一応、イザークにそう尋ねてみると彼は言う。

「……そうですね。ただ、獣人族には鳥人などがいますので……そう言った者が吸血鬼《ヴァンパイア》の眷属になった場合は、羽が生えているという状態にはなりますが……」

それはもともと持っているだけだから、俺とは違うだろうな。

しかし、だとすれば俺の羽は一体何なんだという話になるが……イザークにもよく分からないようなので保留かな。

「まぁ、とりあえず試してみるか……羽……うおっ」

羽を出すべく、念じてみると思った以上に大きなものが背中から飛び出たような感覚がした。

俺の羽って、そんなに大きくなかったよな？

せいぜい、数十センチ、というくらいで、それを出すときはこんな感覚はしなかった。

しかし、恐る恐る背中を見てみると……。

「……でかっ」

片翼で俺の身長よりも大きな翼が俺の背中にあった。

しかも、蝙蝠《こうもり》の翼膜のようであったそれは、どことなく鱗《うろこ》のようなものに包まれているような感じがする。

皮膜の部分は赤いが、縁の部分はくすんだ緑色であった。

……なんだか、これは……。

「……竜の翼のように見えるな。なぜ、そんなものが……？」

ロレーヌが困惑しながら言う。

そうだ。

まさに、俺の背中についている翼は竜のもののように見えた。

と言っても、本物と比べると小さいし、しょぼいが、形だけ見るとそういう感じだ。

「かっこいいですね！　私の背中にも生えないかな……」

とリナが言っているが……そう言えば調べてないな。

もしかしたら生えている可能性はある。

「獣人の中でも上位の種族に、竜人というのがいますが、彼らはそのような翼を持っていたと思います」

イザークが俺の翼を観察しながらそんなことを言った。

竜人か。

存在は知っているが、実際には見たことのない種族だ。

ここマルトが、そしてヤーラン王国が超絶田舎で、住んでいる種族の大半が人族《ヒューマン》というのが大きな理由だ。

人族《ヒューマン》というのは他の種族と比べてパッと見で分かる際立った特徴が少ないが、その代わりどんなところでも平気で住み、そして増えていくというある意味で最強の特徴がある。

他の種族というのは意外と住む場所を選んだり、特殊な環境がなければ生きられないとか、そういうのがあったりするから、人族《ヒューマン》のようにどこでもというわけにはいかない。

たとえばエルフなんかは森がないときついとかな。

別にないからって森禁断症状になっていずれ必ず死ぬ、とかではないらしいが、こう、鬱っぽくなってしまうのだそうだ。

それで徐々に衰弱していって、場合によっては死ぬことはあるらしい。

平気なエルフもいると言うが、そういうのは少数派だという。

そういうわけで、俺は竜人には会ったことがないが、そもそも、竜人、というのはかなり珍しい種族だと聞いたことがある。

「ロレーヌは会ったことがあるか？　竜人」

そう尋ねると、彼女も首を横に振った。

「いや、ないな……。彼らは獣人の中でも特殊な地位にいると聞く。そのため、滅多に人前に姿を現さない。帝国は人族《ヒューマン》至上主義、とまではいかないもののそれに近いところのある国家だったから、獣人はそもそも近寄らんし……。イザーク殿は会ったことが？」

話しぶりからして会ったことがあるような感じだったが、やはりイザークは頷いた。

「ええ、かなり昔の話になりますが、何度か。しかし会話を交わしたわけではなく、出くわした、という感じに近いですね。かなり手ごわくて……」

……手ごわくて？

どうやら平和的な出会いではなかったようだ。

まぁ、なんだかんだ言って吸血鬼《ヴァンパイア》だもんな……。

そりゃ、戦いになるか？

「ちなみになんで戦いに？」

「彼らと私たちがそのとき狙っていたものが被《かぶ》っていたのですよ。それで、奪い合いになりまして……そのときに、レントさんの背中から生えているような翼を出して戦っていました。かなり強力な気の使い手だったと」

気か。

ということは、魔術師系というよりも肉体派なのかな？

獣人は大抵そうだが、中には魔術が得意な種族もいるし、その辺りは場合によるが……。

まぁそれはいいか。

「じゃあ、これは竜人の翼に近いってことかな。竜人に会って意見を尋ねてみたいところだ」

直接聞けばそれは俺たちのじゃねぇぜ、とか、おお、同志よ、とか言ってくれるだろうし。

そんなお気楽な台詞だったのだが、イザークは難しい顔で首を横に振った。

「いえ、それはやめておいた方が……。彼らは恐ろしく誇り高いです。もし、それが竜人のものではない、という場合に、ものまねのようにつけている、ととられたら襲われかねません。それに、もどき、とはいえ、吸血鬼《ヴァンパイア》である、という点もまずい可能性が……。彼らは自らの種族に強い誇りを持っていますので、吸血鬼《ヴァンパイア》がそれを持つ、というのを許すという気がしません」

なるほど、そういう奴らなのか……。

怖いな。

というか、この翼、見られるとやばいんじゃ……。

そうそうぽんぽんと使うのは危険ということか。

そもそも翼が生えているのを見られるとまずいというのがあるから、それほど使ってはいないからいいのだが、いざというときはな。

まぁ、気を付けていくしかないか。

「しかし、そうなると……やっぱり鑑定神しかない、か」

種族を調べるにしても、仮面をどうにかするにしても、それしかないというわけだ。

本当に鑑定神自身が鑑定してくれるのかは分からないが……。

「それが一番安全かと思いますよ。とりあえず、見た目と特徴だけから種族を名付けるなら、吸血竜人というところでしょうか。そんな種族はないのですけど」

イザークが適当に名付けた。

いいや、ちゃんと考えてくれたかもしれないが、そのまますぎて……どうなんだろうな。

◆◇◆◇◆

体のことについてはこんなところでいいだろう。

結局はっきりとしたことは何も分かっていないわけだが、一番大事なのは出来ることが何か把握しておくことだ、ということにしておこう。

次に話さなければならないのは、街のことだ。

俺は口を開く。

「今更だが、迷宮の拡大は止まってるんだよな?」

もちろん、相手はイザークである。

彼は頷いて、

「ええ。ラウラ様が制御されておられるのだと思います。特にあれから拡大するようなことはありません。ただ……」

「ただ?　何か問題があるのか?」

「いえ、これは自分の目で確かめていただいた方がいいでしょう。ともかく、さほどの問題はありません」

「ならいいんだが……」

本当か？

俺がそう思っているのに気づいたのか、ロレーヌがこちらを向いて、頷く。

彼女も問題ない、と認識しているようだ。

それなら大丈夫か。

「冒険者組合《ギルド》への報告はどうなってる？」

「まだですね。その辺りについてはある程度、口裏合わせが必要かと思いまして。特にラウラ様が迷宮主になったことについては秘密としていただきたいものですから」

それは確かにそうだな。

その辺りを話すと……ラウラが吸血鬼《ヴァンパイア》だ、ということがばれる可能性もある。

《迷宮核》について、ラウラやイザークは知っていたようだが、人の間ではあまり知られていないはずだ。

少なくとも、俺は聞いたことがなかった。

長年冒険者をやってる俺ですらそうなのだから、冒険者組合《ギルド》でも把握していないのではないかと思う。

ただ、知っていた場合に、あれの性質まで分かっていたら、それを取り込んだラウラがどの程度の存在かというのが分かってしまう。

そうなる危険は、可能な限り避けた方がいいだろう。

マルトにはまだニヴがいる。

吸血鬼《ヴァンパイア》の存在が露呈すれば地の底まで追いかけてくるのははっきりしてるからな。

「それは俺からしてもそうだな。ラウラが吸血鬼《ヴァンパイア》だって話がばれたら、そこから俺たちも怪しまれるようになる可能性がある。だが、どんな報告をするのがいいか……」

俺がそう言うと、ロレーヌが口を開く。

「それについてはそこまで複雑に考えなくてもいいのではないか？　ウルフにはシュミニを倒しに行くと言ったのだしな。そのまま、シュミニを倒したら色々と収まった、というのが一番いいように思うが」

きわめて単純な話である。

《迷宮核》とか迷宮主とか余計なことは一切言わないで、シュミニは倒した、と言ってしまえばウルフとしても特に突っ込みはしないだろう。

ラウラが《迷宮核》を取り込んだからこそ街は平穏を取り戻しているわけだが、その部分についてウルフはシュミニが倒されたからだ、と考えることになる。

実際に平穏に戻っているのだから、文句のつけようもない。

地下に迷宮はまだあるのだろうし、冒険者組合《ギルド》としても調査はするだろうが、《迷宮核》はラウラが持っているし、迷宮主はラウラだ。

地下迷宮を調べたところで何かが出てくることもあるまい。

「そうだな。それでいこうか。イザークもそれでいいのか？」

俺が尋ねると、イザークも頷いた。

「ええ。それで構いません。それと……リナさんについては奥の部屋で転がされていた、というくらいにしておきましょうか。偶然出会った、ということにも出来なくはありませんが……リナさんはシュミニに捕まってあそこにいたのですよね？」

イザークがリナにそう尋ねると、リナは、

「そうです。パーティーメンバーの二人と急に連絡が取れなくなってしまったので、探して回ってたら捕まりました。それで、血を吸われて……気づいたらああいうことに」

ライズとローラか。

あいつらの方が先に連れ去られてたわけだ。

詳しく聞けば、定宿にしている宿があるそうで、そこで待っていてもいつも帰ってくる時間になってもさっぱり帰ってこなかったのだという。

で、行きそうな場所を探して回っても見つからず、最後には本人の言う通り吸血鬼《ヴァンパイア》にされてしまった、というわけだ。

「そういうことなら、リナたちが定宿にしている宿はパーティーが一つ帰ってこないことを不審に思ってるかもな……リナは捕まっていない、で通すのは無理か。素直に捕まってたけど無事だった、にした方が良さそうだな」

たまたま偶然会ったということにしてもよかったが、しばらく行方不明だったということを知っている人間がいると、後々そこから突っ込まれてまずいことになる可能性がある。

出来る限り、真実に沿った嘘を構築していった方がいい。

捕まっていたのは事実だし、その期間見かけなかった言い訳としてどこかから突っ込まれても崩れるところはないだろう。

ただ、吸血鬼《ヴァンパイア》と迷宮主になっていた、ということを喋《しゃべ》っていないだけだ。

「分かりました。何か聞かれたらそう答えることにしますね。でも、聞かれることもないんじゃないかと思いますけど」

リナがそう答えた。

確かにそれは正しいな。

ひどい話だが、冒険者が一人いなくなったくらいでそこまで気にする奴はいない。

どっかでのたれ死んだか、と少し思って寂しく思うくらいがせいぜいだ。

冒険者組合《ギルド》としても、よっぽどの重要人物かどうしても必要という特殊な場合じゃない限りはわざわざ探したりはしない。

リナは探されない方だろう。

「だが、今回は状況が状況だからな。人が魔物に変じていたわけだし、屍鬼《しき》になってた冒険者も多数いたんだ。姿をしばらく見せなかった冒険者が現れたら、尋問くらいされるかもしれない」

要は、お前は魔物や屍鬼《しき》ではないのか、と細かく聞かれるというわけだ。

何食わぬ顔で活動している冒険者の中に、吸血鬼《ヴァンパイア》や屍鬼《しき》が交ざっていたら恐ろしい。

……事実、交ざっているし、リナもこれから交ざるんだけどな。

「言われてみると……そうですね。色々ばれないように気を付けます」

俺の言葉にリナはそう言って頷いた。

「じゃあ、とりあえず冒険者組合《ギルド》に報告に行くか。概ね、今言ったような感じで。細かいところは……まぁなんとかなるだろう」

たぶんな。

そもそもそこまで怪しまれるような事柄はないはずだし。

ただ、ウルフは勘が鋭いから少し不安だが……大丈夫だと思うしかない。

第二章　吸血鬼狩り《ヴァンパイア・ハンター》と確認

他にも吸血鬼《ヴァンパイア》の技術の伝授もしてくれる、という話だったが、それについては冒険者組合《ギルド》への報告のあとに、ということになった。

早く行っておかないと、ウルフもやきもきしているかもしれないからな。

マルトの街自体はもう落ち着いているという話だったからそこまで時間を気にするようなこともないかもしれないが、それでも一応早めに、というのはあった。

突っ込まれてまずそうな、問題ありそうな点については概《おおむ》ね話も済んだし、大丈夫だろう。

ちなみにイザークであるが、彼は冒険者組合《ギルド》には行かないことになった。

なぜと言って、そこには今、おそらくニヴがいるからだ。

あの嗅覚である。

イザークと出くわしたら速攻、《聖炎》をぶつけてくるのではなかろうか？

リナもその危険はあるが、彼女は俺と同じで聖気に忌避感がない。

通常の吸血鬼《ヴァンパイア》であれば、触れただけで消滅、とまではいかないし、通常の傷より若干遅いがすぐに回復するとのことで、ただ、それでも軽い火傷《やけど》のような状態にはなるらしい。

つまり、そうはならないリナには《聖炎》による判別は利かない可能性が高い。

それでもやられない方が良いに決まってはいるが……言って聞くような奴《やつ》ではないからな。

こればっかりはどうしようもない。

街にいる限り、徘徊《はいかい》するニヴと遭う危険というのは拭えないし、それなら一緒にいるときに会った方がまだいいだろう。

その結果どうにかなったとしてもそれはもう一蓮托生《いちれんたくしょう》である。

「……それにしても、意外と混乱が少ないな？」

俺は冒険者組合《ギルド》に向かう道すがらそう言った。

なにせ、あれだけのことがあったのだ。

街の人々はもっと混乱しているか、もしくは大きな悲嘆にくれているとか、そういう感じを想像していたのだ。

しかし、そんなことは見る限りない。

表情はそこまで暗くはなく、せいぜい、地震や台風が襲って来た後のような雰囲気で、魔物や屍《し》鬼《き》と、冒険者たちとの戦いで崩れた建物を修復したり、がれきを撤去したりしている程度だ。

少し不思議だった。

そんな俺の言葉にロレーヌが答える。

「それについてはな……街の人たちに話を聞いてみれば分かる」

意味ありげな台詞《せりふ》に、俺は首を傾《かし》げつつ、その辺を歩いている人々に話しかけてみた。

「あぁ……迷宮が地下に出来たんだってな？　だけど、滅多に魔物が出てきたりはしねぇんだろ？ま、今回のことは運が悪かったと思うだけさ」

「領主の方から補助金も出るからな。店の修復は出来るし、まぁいいとするぜ……魔物？　迷宮から溢《あふ》れたらしいな。ま、犠牲になった奴らもいるが仕方ねぇ」

「私の夫も魔物にやられちまったよ。でも、きっとわたしらを守ってくれたんだ……そう思って頑張るしかないさ。マルトの女は強いのさ」

そんな言葉が返ってくる。

どれも今回の出来事の被害の大きさをひしひしと感じさせる台詞ばかりだが、非常に不思議だったのは……。

「……誰も、住民が魔物に変じたことに触れない……？」

そう。

迷宮が出来た後、マルトの住人の一部は魔物へと変じていた。

それを冒険者たちが悲痛な表情で倒していた。

それが事実だ。

けれど、それについて口にする住民は一人もいなかった。

悲しすぎて話したくないのか？

とも思ったが、それにしてもここまで一切出てこないのはおかしい。

そこまで考えた俺に、ロレーヌは言う。

「ま、そういうことさ。マルトの住人は、誰一人、住人が魔物に変じたことを覚えていないようだ。魔物に変じて結果的に殺された人々については、魔物に殺された、という認識になっているようだ。

魔物については迷宮から溢れだしたからだとも」

「ロレーヌさんとレントさんは覚えているんですよね？　それなのに不思議ですね。イザークさんも覚えていましたよ」

リナがロレーヌの言葉に付け加えてそう言う。

そうだよな。

俺もロレーヌも普通に覚えている話だ。

それなのに……。

しかしこれについて、ロレーヌは答えを持っているようだ。

ロレーヌは言う。

「イザーク殿が言うには、おそらく迷宮主となったラウラ殿の計らいだろうということだ。魔物の襲撃があった、迷宮が出来た、そこまでは住民も耐えられるだろうが、自分の家族や友人が魔物に変じ、襲い掛かって来た、という出来事については受け入れがたいだろう、と考えて記憶を一部いじったのではないかと。力ある迷宮主にはそういうことが出来るらしいな。恐ろしい話だが……まぁ、今回のことについてはそれでよかったのかもしれん」

ラウラの……。

もちろん、彼女は意識を失っているから、それで確定というわけではないだろうが、その可能性が高いということだろう。

他にこんなことを出来そうな存在に心当りはないしな。

街のことを想《おも》っていた彼女らしい行為でもある。

そしてそういうことなら、いいんじゃないかと思う。

……まぁ、本当は全然良くはないだろうが。

人の記憶を街一つ分操ることが出来る。

これがどれだけ凄《すご》くて恐ろしいことなのかは少し考えれば分かることだ。

でもなぁ……考えたってどうしようもない話でもある。

ラウラにその気があるなら出来てしまうわけだし、じゃあラウラを倒すのか？　と言われてもそんなことする気にならない。

彼女がいるからこそ、マルトはこの程度の被害で済んだのであって、彼女がいなければマルトそのものがなくなり、ただの迷宮と化していた可能性が極めて高いのだから。

彼女にマルトを守るつもりがある限り、それでよしとするしかないことだ。

そうじゃなくなったとき、いつか俺はラウラと敵対するのか？

いや、そうせざるを得ない事態にならないことを、神に祈るしかないな。

大体そもそも戦って勝てる気がしない。

束になって襲い掛かればどうにかなるというレベルですらないんだよな……。

「迷宮主が一体どれくらいのことが出来るのか、ラウラが目覚めたら色々尋ねてみたいところだな。聞いたからってどうにか出来るわけでもなさそうだが」

俺がロレーヌにそう言うと、彼女は頷《うなず》く。

「迷宮主には思った以上に強大な力があるようだ。それとも、ラウラ殿限定なのか……何らかの制限があるのか。その辺りも詳しく聞いておきたい。でなければ何かあったときに困るからな」

制限についてはラウラも口にしていたが、どんなものなのかは分かっていない。

それと引き換えの強大な力なのか……まぁ、その辺りは全て、ラウラが目覚めたときのことだな。

そのまま色々話しながら歩いて、俺たちは冒険者組合《ギルド》に辿《たど》り着く。

◆◇◆◇◆

冒険者組合《ギルド》の中はかなり込み合っていた。

それもそうだろう。

あれだけのことがあったのだ。

屍鬼《しき》にしてもその後に出現した魔物にしても、その討伐報酬の支払いや魔石の換金など冒険者組合《ギルド》がしなければならない仕事は山積みになっていることだろう。

その証拠に受付の向こう側にいる職員たちは慌ただしく動き、書類を整理し、そしてその瞳は死んでいる。

この忙しさが過ぎ去った後には、自宅の床でそのまま崩れ落ちて数日は目覚めないかもしれない。

そんな中、

「レントさん！　それにロレーヌさんに……リナちゃん？　無事だったのね……」

という声が後ろからかかった。

振り向いてみると、そこには俺たちの事情をよく知っている冒険者組合《ギルド》職員シェイラが立っていた。

彼女の瞳もまた、どんよりと濁り切って今にも崩れ落ちそうな疲労を湛《たた》えているように思え、

「シェイラ……大変そうだな」

と一言言うと、彼女は首を横に振って、

「いえ……実際に魔物と戦っていた皆さんと比べれば、これくらいは。人手は欲しいですけどね……」

と死にそうな声で言われた。

まぁ、こればっかりはいろんな意味で仕方がないな。

冒険者組合《ギルド》の仕事であるし、これだけ忙しいからには実入りも多いはずだ。

屍鬼《しき》たちの魔石なんかはそこそこ高値で取引されるし、素材も色々と需要が高い。

他にも様々な魔物素材は、街の修繕に当たって使えるものも少なくないし、これから冒険者組合《ギルド》は景気が良くなるだろう。

それが職員の給与まで影響するかどうかは謎だけど。

……ウルフ次第だな。

「……頑張れよ。それで、生きて再会できたことを喜びたいところだが、まず俺たちはウルフに報告しなきゃならないことがある。どこにいるか分かるか？」

「ああ、そうですね。というか、それもあって呼び止めました。冒険者組合長《ギルドマスター》は執務室にいますので、どうぞそちらへ」

シェイラがそう言ったので俺は頷き、ウルフの執務室へと向かった。

◆◇◆◇◆

「……おう、来やがったか」

執務室の扉を開けると同時に、ウルフが顔を上げてそう言った。

あいも変わらずその右目だけの眼光は恐ろしく鋭い。

が、別に怖いわけではない。それはすでに色々と話して、身内の方に分類される存在であると思っているからかもしれない。

だからと言って、油断も出来ないが。

ラウラのことは今回は話さないつもりだしな。

ちなみに彼の執務机の上には、よくここまで積み上げられたな、と言いたくなるくらいの量の書類が重ねられている。

全てが冒険者組合長《ギルドマスター》である彼の決裁すべきものなのだろう。

……激務だな。絶対になりたくない職業の一つだと俺は思った。

「ああ。今、ちょっといいか。報告に来たんだ……暇そうな感じはしないが」

また後で、と言われたら別に出直しても構わなかった。

今のところ街に差し迫った危険はなさそうだし、そうなると俺の報告が少し前後したところで特に問題はないだろうと思うからだ。

しかし、ウルフは、

「いや、気にしなくていい。今から聞く。そこの二人も一緒でいいのか？」

そう言ってきた。

彼の右目の視線はロレーヌとリナに向かっている。

別に二人が邪魔だ、と言っているわけではなく、俺の秘密について、ばれかねないような行動をしていいのか、と聞いているのだろう。

ロレーヌについてはもしかたら話しているかも、くらいの予想はしているかもしれないが、リナについては流石《さすが》にそうではないだろう、と思っているのかもしれない。

しかし俺は首を縦に振る。

「ああ、構わない。二人とも分かってるからな」

意味ありげに強調した言葉にウルフは少し目を瞠《みは》ったが、

「……そういうことなら、俺は別に構わねぇ。嬢ちゃん、扉はしっかり閉めておけよ」

最後に入ったリナにそう言った。

どうやら少し、扉が中途半端に開いていたようだ。

リナは慌ててしっかりと扉を閉めた。

◆◇◆◇◆

「……で、あの騒動のときに言ってた魔物はもう倒したってことでいいのか？」

単刀直入にウルフがそう尋ねてきたので、俺は頷く。

「ああ、しっかりと倒したよ。これがその証拠だ」

そう言って俺が魔石を差し出す。

シュミニの体はほぼ全部灰になってしまったが、その灰の中にただ一つ残っていたのがこの魔石だ。

昔の、とはいえかなり深い知り合いだったのだろうから、イザークに渡そうとしたが、あとで報告に必要になるだろうし、別に売り払っても構わないと押し付けられていた。

……シュミニは若干ストーカーっぽかったし、遺品に当たるような品なんて持ってたくないよなぁ、と思うのは考え過ぎだろうか。

ウルフはその魔石を受け取って、

「……こいつぁ、でけぇな。ここまでのものは中々見ねぇぞ。なるほど、相当な奴だったんだろうな……」

と感心するように言う。

別に魔石は必ずしも大きさがその価値に直結するわけでもないが、今回渡したそれはウルフの言う通り、中々見ることの出来ない大きさであるのは事実だ。

質の方も高いだろう、というのは色合いや透明度、それに内包魔力などからも分かる。

魔力については特殊な装置がなければ正確なところは分からないが、持ってみれば、慣れている場合なんとなく感覚で分かるのだ。

ちなみに、どれくらい大きいかと言えば、以前倒した骨巨人《ジャイアントスケルトン》の魔石より二回りほど大きい、というところだろうか。

あれは金級相当の魔石だったが、シュミニの魔石は白金《プラチナ》級相当の魔石に近いと言ってもいいだろう。

しかし、それでもまだ金級程度に納まってはいるかな。

骨巨人《ジャイアントスケルトン》の魔石は相当の長い年月、魔力が凝縮され続けてあそこまでのものになったのだろう、ということを考えれば、魔物になって数時間でここまでの魔石を持つに至ったシュミニは相当の存在だったということだろうか。

それか、迷宮化の魔術によって集められた力がかなり大きかったということなのか……。

どちらにしろ、いい値段で売れそうな魔石であることは間違いない。

まぁ、売るために持ってきたというわけではないが、売っても構わないということだし……。

◆◇◆◇◆

「……とりあえず、街の状況から話すか」

ウルフがそう言って、俺たちがシュミニを倒した後……厳密に言うと、シュミニを倒し、ラウラがリナから《迷宮核》を取り出した後、街がどうなったかを話し始めた。

「まず、街で暴れ回ってた屍鬼《しき》だが、こいつらの動きが鈍くなった。だから討伐するのが簡単になってな……今はもうほとんど残っちゃいないはずだ。まだ隠れてる奴がいるかもしれないが、もうそれほど心配する必要はないだろう。ニヴが言うには、操る主がいなくなった屍鬼《しき》というのは思考能力が極端に落ちることがある、って話だからな。そのシュミニとかいう奴がいなくなって、そんな状態になったんだろう」

やっぱりニヴは戻ってきているのか、とウルフの言葉で察する。

いや、街の外まで来てたのは見たんだから、当然、あの町を覆う結界のような壁がなくなった以上、いるということになるんだが。

「……ニヴは今は？」

「屍鬼《しき》の残党狩りにいそしんでいるよ。頼まなくてもやってくれるからありがたいが、なんだか機嫌悪そうだぞ。吸血鬼《ヴァンパイア》がいないって」

屍鬼《しき》も吸血鬼《ヴァンパイア》の一種であるが、ニヴが言ってるのは下級吸血鬼《レッサーヴァンパイア》以上の吸血鬼《ヴァンパイア》のことだろう。

特にシュミニクラスの奴のことを言っているのだと思われた。

鼻が利く、とか言ってたからもういないこともなんとなく分かるんだろうな。

それに、街はシュミニがいたころの緊迫感がなくなって、穏やかになっている。

もう倒されたのだ、と察しているのだろう。

……なんだか会うと責められそうな気がする。会いたくない。

ウルフは続ける。

「後は……街に出現していた魔物の方だが、これもな。こっちは唐突に消えてしまったよ。これも、おそらくシュミニがいなくなったからだろう。屍鬼《しき》の動きが鈍くなってからしばらく後だったが、他に原因も考えられないしな……何か他に理由は思いつくか？」

ウルフが尋ねてきたので、俺は首を横に振った。

「いや……特には」

本当はある。

おそらくそっちは、シュミニどうこうではなく、《迷宮核》の方が理由なのだろう。

リナからラウラに《迷宮核》が移った時点で、ラウラが魔物たちを消滅させたのだ。

街の人々が魔物に変じていたのは迷宮があるがゆえのようだったし、それこそそれ以外に理由が思いつかない。

とはいえ、それを語ってしまうと色々と問題があるので言いはしないが。

「そうかよ。ま、そういうわけで魔物がいなくなったからな。街の方はもうかなり落ち着いてる。建物の倒壊やら怪我人《けがにん》やらの問題はあるにはあるが、その辺りもなんとかなってるしな。領主と参事会が補助金を出してくれているし、怪我人の方は教会関係が聖者や聖女を何人か派遣してくれてる。冒険者組合《ギルド》の方でも人は出してるし……ま、しばらくすればマルトは元通りだ」

かなり大規模な事件だったと思うが、それでもさほどの時間もかからず収束に向かっているのは、辺境都市というもともと難儀な土地に住んでいるマルト住人の強さかもしれないな。

……いや、それもあるだろうが、ラウラが記憶をいじってくれた効果もかなりあるだろう。

流石に隣人が魔物に変じることがある、と思いながらこの土地に住み続けることは難しい。

ただの魔物の襲撃だった、というくらいなら、この世界のどこにでも起こっていることで、引っ越したからと言ってどうにかなることでもないなとなる。

だからみんな悲しく、苦しく思いつつも、前を向いて頑張っていこうという気になるのだ。

それに加えて、地下に出来た迷宮というのもある。

これについて、ロレーヌが尋ねる。

「そう言えば、マルトの地下のことだが……」

迷宮、と言わないのはそう言ってしまうとなぜ知ってる、みたいな話になってしまうからだろう。マルトの住人たちはすでに知っているような感じだったが、あえて自分から言及することもないだろう。

ウルフはこれに頷いて、

「ああ、今調査しているところだ。おそらくは迷宮だろう、ってことでほとんど結論は出てるんだけどな。魔物があそこから溢れだしたことで、今回の事件が起こった、と考えりゃ、色々と納得もいく。いきなり迷宮が出来た理由は分からねぇが……そもそも迷宮の発生原理についてはまだどこでも研究中だからな。これぱっかりは仕方がねぇ。シュミニについては、迷宮がここに発生することを予測していたから暗躍してたんじゃないかって話になってるな……」

当たらずとも遠からずである。

シュミニが迷宮を生み出した、という話にならないのはそもそもそんなことが可能だとは思われていないからだ。

迷宮の発生は、確かにまだどこであっても研究中の事柄であるが、大体が自然発生的なものである、と結論付けている。

そう理解できる迷宮がいくつか存在しているのだ。

ただ、ラウラの話を思い出すに、迷宮には色々と種類がある、ということだったから……自然発生的なものと、今回のような魔術によって作り出されるものなどがある、というのが現実なのかもしれない。

この辺りはいずれラウラに聞かなければ分かりようがないが……。

「魔物が闊歩《かっぽ》してるのも確認できてる。とはいえ、迷宮の入り口まで誘導してもそこから出てくることはなかった。今回、魔物が溢れ出したのは、迷宮発生時の不安定性って奴だって話だ。分かるか？」

ロレーヌにウルフがそう尋ねると、彼女は頷いて答える。

「ああ。と言ってもそのままだがな。迷宮は発生するときは存在が不安定だから、色々と変わった現象が起きるという話だ。たとえば街で発生した場合には街を取り込みながらその構造を大きく変えてしまったり、森や山などだったらそこにいる動物を魔物に変じさせたり、珍しいところだと……いや、それはいいか。ともかく、今回のマルトでの魔物の発生はそれが原因だと言うことかな」

珍しいところだと、の続きはなんだろうな。

内部に街をそのまま取り込んでしまったり、とかかな。

あの古代都市を思い浮かべたのかもしれない。

しかしそれも言う訳にはいかない。

秘密がガンガン増えていく……。

ちなみにロレーヌが口ごもったことにウルフは特に引っかかりは覚えなかったようである。

ロレーヌが長く語りすぎて、途中ではっとしてやめる、というのはよくあることだからな。

いつも通りだと思ったのだろう。

ウルフは頷いて、

「ま、そういうことだろうな。俺は学者じゃねぇから理屈は分からねぇが……そこは専門の奴に任せる。しかしこれからマルトは忙しくなるぞ。新しい迷宮だからな……」

◆◇◆◇◆

新しい迷宮が出来るとどう忙しくなるか、については分かりやすいところで言うなら、単純に冒険者が増えるというところだろう。

迷宮は基本的にその内部の資源が常に発生し続けてはいるものの、無限ではない。

あまりに多くの冒険者が入り込むと、獲物が何一つない、という事態に陥りかねない。

まぁ、そうはいっても魔物についてはそうなることはほとんどないと言っていいのだが、宝物関係はそうはいかない。

もともとそうそう簡単に見つかるものではなく、冒険者の数が増えれば宝物の発見率も下がるのは当然の話だ。

冒険者というのは魔物からとれる魔石や素材を売却することで毎日の生活費を得ているわけだが、そんな生活の中で夢見ているのは高価な魔道具の類を発見し、それを売却することで大金持ちになる、ということだ。

一生遊んで暮らせるほどの品を手に入れられることなどそれこそ滅多にないが、しかし、それが厳しくも辛《つら》い戦いの中の一つの夢として、冒険者たちを慰めているのは事実である。

けれど、そんな夢も大量の冒険者が押し寄せてきたら実現の可能性は下がるわけだ。

もともとかなりの低確率ではあるが、それでももしかしたら、と思っていたのに、そんな中で新参者がそういう品を発見し、冒険者から一抜け、なんてしたらもう間違いなく心穏やかではいられないだろう。

そんな事態に陥らないようにするために、冒険者組合《ギルド》では緩やかに冒険者の数の調整を行っているのだが、新しい迷宮が出来たとなるとマルトが受け入れられる冒険者の人数が相当に増える。

まだ全て確認できたわけではないだろうが、規模によっては数百人の冒険者が新たにやってくる可能性もある。

それで、ウルフは忙しくなる、と言っているのだ。

まぁ、新たに出来た迷宮というのは中にある宝物や魔物が手つかずであり、早めに入った方が実入りがいいというのもあるから、一時期的にたくさん押し寄せて、その後さっと減少し、そして冒険者の数が安定する、という過程を経るものなので、本当に死ぬほど忙しいのはこれから半年か一年ほどくらいだろうが……。

「……今回は研究者たちも来るだろうな。辺境とはいえ、発生した直後の迷宮というのはやはり珍しいものだ。私もくまなく調べてみたい欲求がある……」

そう言ったのはロレーヌだ。

魔物や迷宮と言った存在については彼女の専門であり、その欲求は理解できる。

しかも今回彼女は通常の研究者では決して関われない、関わろうと思っても関わることが出来ない深みにまで足を突っ込めている。

今すぐにでもラウラを叩《たた》き起こして一晩中でも質問し続けたいに違いない。

本当にそんなことは出来ないだろうが。

ロレーヌの言葉にウルフも頷き、

「ああ、そういう奴らも来るだろうな。王都には名高い《学院》や《塔》があるわけだし、そこの教授とか魔術師とかがな。ただ、そういう奴らは大体国の紐付《ひもつき》だし、護衛関係については騎士団とかがやるだろう。だから、そこまで冒険者組合《ギルド》がやることもないはずだ。仕事は増えない……と思ってる。準備だけはしておくつもりだが」

《学院》は国立の高等教育機関で、いわゆるこの国のエリートを輩出する学校だ。

基本的に魔術を全員に教えるため、魔術学院、とも呼ばれることがあるが、正式名称はただの《学院》だ。

貴族や大きな商家の子供が行くことが多いが、平民でも優秀なら入ることが出来る。

年齢は特に区切られてはいないが、大体十代の若者が行くものだ。

《塔》は、魔術師たちが集う研究機関だな。

国によって呼び方が違ったり、乱立していたりするが、この国ヤーランの魔術師たちはそこまで過激なのは少ないから、王都の《塔》と言ったら一つしかない。

細かく区切ると魔物の研究所やら、魔術の研究所や、迷宮の研究所やらと分かれてはいるが、組織としては一まとまりで《塔》と呼ぶことが多い。

ちなみに他の国、特に帝国なんかは一口に《塔》と言っても色々とあるみたいだが……まぁ、それはいいだろう。

「《学院》や《塔》の人間と言ったら、変わり者が多いらしいな。何も起こらないことを祈るよ」

俺がそう言うと、ウルフも顔をしかめて頷く。

「俺もそう願いたいぜ。ま、何かあったらよろしくな」

と恐ろしいことを言う。

《学院》にしろ《塔》にしろ偉いのは大体権力があるからあまり関わりたくないのだが……。

まぁ、それでも仕方がない時もあるからな。

ヤーランの貴族はそこまで横暴なのは少ないし、まともに訴え出ればあまり厳しいことは出来ないはずだし、大した心配はいらない……と思いたい。

「よろしくされないことを俺は願っておくよ」

「そりゃないぜ……お前も職員なんだから働かねぇと。で、まぁ、マルトの近況はそんなところだな。他に何か聞きたいことはあるか？」

そう尋ねられたので、少し考えてみる。

俺としてはないかな。

ロレーヌもなさそうだったが、リナが、

「あのっ、《新月の迷宮》で保護された冒険者たちって、今は……？」

そうだった、それがあったたな。

ライズとローラ。

俺と銅級試験を受けた二人は、今はリナのパーティーメンバーだ。

俺が起きてこないと辻褄《つじつま》合わせや、それにリナがどういった存在なのかの確認が出来ないため、リナは街に出れなかった。

だからまだ二人がどうなってるのか詳しく分かっていない。

まぁ、そうはいってもしっかり助けたし、自分で動けていたのは確認している。

街まで連れていけとベテラン冒険者に頼んだし、マルトのどこかにいるはずである。

これについてウルフは冒険者組合長《ギルドマスター》らしくしっかり把握しているようで、

「ああ、あいつらな。嬢ちゃんは、リナ、だったか。パーティーメンバーのライズとローラがどうしてるかってことでいいか？」

と正確に尋ねた。

新人冒険者のパーティーまで覚えているのは凄いな。

いつ死ぬか分からないのに、というと酷《ひど》いが、他の街だと冒険者組合長《ギルドマスター》の認識なんてそんなものだからな。

ウルフはこれだけでも尊敬するべき冒険者組合長《ギルドマスター》である。

リナが頷くと、ウルフは思い出すような顔で、

「《新月の迷宮》で保護した奴らは冒険者組合《ギルド》と提携してる治療院に分散して入院させてるから……ちょっと待て、今資料を探す……あったあった。二人とも、コーム治療院にいるぞ。場所はこな」

かなり親切にマルトの地図を示しながら教えてくれたのだった。

◆◇◆◇◆

ウルフに対する報告も終わったところで、俺たちはとりあえずコーム治療院に行くことにした。

リナのパーティーメンバー、ライズとローラがいるためである。

保護したとき、あまり大怪我をしている、という印象はなかったが、それでも衰弱はしていた。

魔術や聖術による回復は傷を治しはするが、空腹や体調の低下それ自体を治すことは出来ない。

体力などについては基本的に自然治癒しかないのだ。

だから、あまりにも体力が限界に達している場合には、治癒をしようとも死んでしまう、ということはありうる。

老衰で死にかけている老人に治癒魔術をかけても意味がないのと同じだ。

だから、ライズとローラについても心配はゼロではなかった。

「ここですよね？」

リナが言った。

そんなわけでやってきたコーム治療院である。

冒険者組合《ギルド》から歩いて十分程度の距離にあるこの建物は、大通りから少し外れた位置にあって、周囲は静かだ。

病気や怪我を負っている人間が来るところなので、あまり喧騒《けんそう》の激しいところに建てるわけにはいかないからこその立地だろう。

ただ、それでも毎日多くの人間が訪れるため、大通りから外れすぎると急にものが必要になった時に困ることがある。

分かりやすいところで言うと、あまり見ない毒を放つ魔物にやられた冒険者とかがやってきたときだ。

治癒術でどうにか出来る場合も少なくないが、それが出来なかった場合は薬師頼りになる。

しかし彼らには素材が必要で、けれど常備して置ける素材にも限界がある。

そういう場合には中央通りの店を回らないといけなくなったりする。

急な仕入れに対応できる店が近い方がいい、というわけだ。

日用品は普通に店の奉公人が毎日決まった時間に持ってきてくれるものだが、そういった特殊な品についてはどうしようもないからな……。

そんなコーム治療院は周りの建物と比べると若干平べったい感じのする平屋建ての建物だった。

周囲は大体二階建てが多く、中には三階建ての建物も見えるので、容積の無駄のような気もするが、これもまた、治療院に来る人々に対する配慮だろう。

階段なんて登れなかったりする状態の奴も来るものだからな。

どこかの商会みたいに昇降機なんてつけられればそんな配慮も必要ないのだろうが、あれは非常に特殊かつ高価な品であるわけで、冒険者組合《ギルド》と提携しているとはいえ、普通の治療院がそう簡単に設置できるようなものではない。

だから、このくらいの作りが最善、というわけだ。

「……さて、入るか……っ？」

足を一歩、治療院の中に踏み出そうと後ろにいるロレーヌとリナに声をかけようと振り返ると、そこには燃えるリナがいたので驚く。

と言っても、別に燃え盛る赤い火炎に包まれている、というわけではない。

青白い炎が陽炎《かげろう》のように揺れてリナを包み込んでいる、そんな感じだ。

リナ自身は気づいていないようで、目を見開いている俺の顔を不思議そうに見つめている。

……今のリナには見えないってことか？

まぁ、それもなんでなのか想像はつく。

この炎は普通の炎ではない。

《聖炎》だ。

そして今、この都市マルトにおいてそれを使いこなせる人物と言ったらただ一人である。

ロレーヌにはしっかりと見えているようで、俺の顔を見ながら若干うんざりした表情をしていた。

おそらく、同じ結論に至ったのだろうことは明らかだ。

一体どこにいるのか……。

そう思って燃え盛りながらも平然としているリナを後目《しりめ》に、二人できょろきょろと周囲を観察すると、

「……あれぇ？　おかしいですね。吸血鬼《ヴァンパイア》じゃないんですか……」

と酷くがっかりした声と共に、灰色の髪と赤い瞳を持った、酷く物騒な吸血鬼狩り《ヴァンパイア・ハンター》が顔をひょっこりと出してこちらに近づいてきた。

ニヴ・マリスである。

当然ながら、あの戦いのあともしっかりと無事だったようで、特に怪我などしているようにも見えない。

したがって、

「……ご挨拶だな、ニヴ。せめて一言くらい声をかけてからやってもいいだろう」

何をか、と言えば当然《聖炎》での吸血鬼《ヴァンパイア》判別についてである。

事前の予測通り、リナには一切通用していないようだが、それでもいきなり連れが青白く燃え出したら驚くに決まっている。

だからせめて、という意味で言ったのだが、ニヴは、

「そんなことしたら、吸血鬼《ヴァンパイア》だった場合、逃げられてしまうでしょう？　ですから仕方がないのですよ……いえ、私も分かっていますよ。これがかなり失礼だってことは。でも、危険と失礼とを天秤《てんびん》にかけると、どうしてもね……」

と言って首を横に振った。

言い分は分かるが……ちょっとイラッとするのは疑われていることになのか、それとも自分たちは間違いなく吸血鬼《ヴァンパイア》まがいの魔物であるから後ろめたく感じているからなのか分からなくなってくる。

人類のことを考えるとしたら、ニヴが一番正しいと言わざるを得ないのは確かだ。

しかし……。

「言わんとすることは分かった。でもまた、なんでこんなところに来たんだ？　そう言えば珍しくミュリアスがいないな」

ニヴには傷が一つもない。

つまり、治療院などに用などあるはずがないのだが。

そう思っての質問だった。

ミュリアスについてはいつも二人一組みたいな印象だったからなんとなく気になっただけだ。

これにニヴは、

「ミュリアス様はあれで一応聖女ですから。今回の騒動で乱れた人心を慰撫《いぶ》するために、ロベリア教の教会で説教をされていますよ。あと聖女らしく治癒とか浄化とかかけたり。珍しいですよね」

という。

一応、とか、珍しい、とか直接言ったらブチ切れそうな台詞ばかり並べ立てているが、確かに珍しい。

あんまり聖女らしいところを見ていないからな……というところもこれも怒られそうだが。

「ここに来た理由の方は？　答えてないぞ」

「おっと、失礼。ここに吸血鬼《ヴァンパイア》に捕まっていた冒険者がいるでしょう？　彼らが眷属化《けんぞく》していないか、確認しに来たんですよ。あの場では忙しくて見れませんでしたからね。それに、ぱっと見では平気そうでも、しばらくしてから眷属化、なんてこともあるんです。ですから、ね」

◆◇◆◇◆

ニヴの言うことは確かに事実で、実際過去、吸血鬼《ヴァンパイア》の群れを討伐したのち、関わった人間の確認を怠ったために再度、吸血鬼《ヴァンパイア》の群れが発生して最後には滅びた村なんかの話もあるくらいだ。

しばらくの間、被害者と思《おぼ》しき人々が吸血鬼《ヴァンパイア》の眷属と化していないかの確認を続けることは重要である。

重要であるが……それはともかくとして。

「……いい加減、あれ消してくれよ……」

俺がリナを見ながらニヴにそう言うと、彼女ははっとした顔で、

「そうでした。見えてないんならいいやとか思ってました。申し訳ない」

手のひらを掲げて握りつぶすような仕草をすると、リナを包んでいた青白い炎は徐々に縮小して、最後には、ぽっ、と小さな音を立てて消えた。

その音だけはリナにも聞こえたようで、

「なっ、なんですか？　なんですかっ!?」

とか言っているが、本当に何の不調もなさそうなので、別にいいだろう。

「……しかしなんでまたリナを疑ったんだ？」

ロレーヌがそう尋ねると、ニヴは、

「それはもちろん、レントさんと一緒にいるから……というのは冗談ですよ。そんな怖い顔しないでください。そうではなく、レントさんたちが今回出来たらしい迷宮から出てきたときに一緒にいたという話を聞いたので、リナさんもまた、吸血鬼《ヴァンパイア》に攫《さら》われていたのを助けられたのかなと思ったんですよ。で、職業柄、疑わしきは燃やしておかないと、ということで……」

耳が早いというか情報収集能力が凄いというか。

案外たまたま聞いただけ、とかなのかもしれないが、絶対に関わってこようとする感じが物凄く強いニヴだった。

おそらくは、あの民家から出てきたのを冒険者か住民が見ていたのだろう。

入った時は四人で、出て来た時は五人でした、では勘定が合わないからな。

とはいえ、普通はふーん、ちょっとおかしいね、くらいで済ますところを、ニヴはあれってもしかして吸血鬼《ヴァンパイア》なんじゃゃね？　と結びつけるタイプの頭をしているからこうなったわけだ。

もうちょっと普通の思考をしてくれないものかね……と思うが、その勘はかなりいいところを突いているので文句も言いにくい。

強いて言うなら、増えた一人じゃなくて一緒に入った四人のうち、二人が正真正銘、吸血鬼《ヴァンパイア》だったよ、残念だったね、とか言いながらどや顔をしてやりたい気分だというくらいだろうか。

言えるわけないが。

殺されそうだからな……誰にって、ニヴとラウラとイザークに。

誰一人として勝てそうな相手がいないのが切実に怖い。

おかしいな……多少は強くなったはずなのに、周りは俺より強い奴ばっかりだ。

ロレーヌだって、身体能力という意味ならあれだが、純粋火力とか、魔術による盾《シールド》とかが張れることを考えると、仮に戦ったとしても完封で負けそうだしな。

冒険者の坂道はまだまだ俺にとって傾斜の緩やかなものではないようである。

「……まぁ、そういうことならリナに対する疑いは晴れたってことでいいよな？」

俺はニヴに念を押して聞いておく。

ここではっきり宣言してもらえれば、後々問題にもならないしな。

ニヴは俺の言葉に、

「ええ、もちろん。何の問題もありません。申し訳なかったですね、リナさん。お詫《わ》びが欲しいですか？　レントさんのときは白金貨二十枚あげましたが」

「はっ、はくきんかにじゅうまい……？　そんな大金を……えっ？」

リナが俺のことを強盗か詐欺師を見るような視線で見ている。

……いやいや、別に俺が積極的に求めたわけじゃないぞ。

俺はそこのところを分かってもらおうと弁解する。

「リナ、何か勘違いがあるようだから言っておくが、俺は別にそんな金額要求したわけじゃないからな。ニヴがどんどん積み上げていっただけだ」

金貨の海でおぼれさせるとはまさにああいうことを言うのだろうな、という積み上げっぷりだった。

まぁ、タラスクの素材を売るという名目もあったし、純粋にもらっただけというのとも違うしな。

それにしたって大金だけど。

「リナさんは要求しますか？」

ニヴが畳みかけるようにそう尋ねると、リナは首を振った。

「い、いえっ。私は……というか私はお詫びをもらえるようなことをされたんですか？」

そうだった。

まだ説明していなかった。

これについてはニヴに完全なる責任があるので、じっとニヴを見つめる。

……無駄に美人だな、と思った。

こいつに美貌とか必要なのだろうか？

謎である。

ともかく、ニヴはそんな視線に敗北したようにため息を吐《つ》いて、

「……色々と端折《はしょ》りますが、リナさんが吸血鬼《ヴァンパイア》かどうか試しました」

「それは……さっきからの話の流れでなんとなく分かりますが、一体どうやって？　特に何かされたと言う感覚はないのですけど……」

まぁ、そりゃそうだ。

無害なら何の意味もないことだからな。

ニヴは言う。

「端的に言うと、燃やしました。こんな感じで」

と言って俺に向かって《聖炎》を射出してくる。

避けようと思えば避けられる速度で出してきたのは、いきなりはやめろ、と言った俺の言葉を考えてくれたからなのかもしれない。

逃げられる速度ならいきなりではない、と。

大雑把な話だ。

まぁ、どうせ効かないんだから受けても構わない。

《聖炎》は俺に触れ、そして俺の体全体を包みこんで青白く燃え上がった。

それを見たリナは、

「も、ももも燃えてますよ！　水っ！　水をー！」

と叫び出すも、俺が、

「いや、別に全然熱くないから平気だ。そもそも、さっきまでリナはこんな感じだったんだぞ」

「えっ？　えー？」

混乱しているリナにニヴが言う。

「これは聖気による特殊な炎なのです。普通の人は触れても怪我も火傷も負いません。が、吸血鬼《ヴァンパイア》だけはとっても苦しくなり、かつ火傷もします。よほど低級でない限りは、これだけで死にはしないのですが……まぁ、そこはいいでしょう。ともかく、これで燃やすと、吸血鬼《ヴァンパイア》かどうか一目瞭然で分かる、というわけですね」

「一目瞭然……ええと……」

その先に何かを言いたそうなリナである。

もちろん、意味は分かる。

そこに吸血鬼《ヴァンパイア》っぽい人いますけど、だろう。

それに私も、と付け加えたいだろう。

しかし、言う訳にもいかないため、ぼけっとした声でただ一言、

「そ、そうなんですかー……」

と棒読み気味に言ったのだった。

もっと演技しろ。

◆◇◆◇◆

「……ライズくん、ローラちゃん！　大丈夫でしたか!?」

治療院に入って、職員に病室に案内される。

そして二人の姿を見つけると、リナがそう叫びながら二人に駆け寄った。

あんまりうるさくしたら他の病人に迷惑ではないか、と思ったが、見る限り、ベッドは数人分あるが、今は二人しかいないようで、少しくらいなら騒がしくしても問題なさそうであった。

「……おぉ、リナ！　俺たちは平気だが……連絡取れないから心配してたんだぜ」

「今までどこにいたの？　いきなり私たちがいなくなって迷惑をかけたんじゃないかって思ってたよ……」

ライズとローラがリナを見て、まずそう言った。

二人はリナと別行動している時に吸血鬼《ヴァンパイア》に拐《さら》われているから、そういう認識なのだろう。

リナもリナで実は吸血鬼《ヴァンパイア》に拐われていて、かつ二人よりもずっと危険な目に遭っていた、ということを知らないのだ。

だからリナはまず、その点について話す。

「それはこっちの台詞ですよ……でも、無事でよかった。連絡が取れなかったのは、実は、私も吸血鬼《ヴァンパイア》に拐われていて。こっちの二人……レントさんとロレーヌさんに助けられたんです」

そう言って俺とロレーヌを紹介した。

ニヴはその場にいなかったからその紹介の中には入らない。

そして、もう二人、リナを助けた人物はいるわけだが、その辺は端折ることにしたようだ。

ニヴに色々突っ込まれると面倒くさいから、という配慮もあったのかもしれない。

さっきのことで、ニヴが吸血鬼《ヴァンパイア》にとって天敵であるということは理解しただろうしな。

問題はあんまりリナは演技がうまくないということだろうが、今は別に演技しているわけではないから大丈夫だろう……たぶん。

「レント……？　おぉ！　レント！　あんたがリナを助けてくれたのか」

「レントさん、ありがとうございます。私たちだけじゃなくて、リナちゃんまで……」

俺がいることに驚いたようだが、リナを助けたことそれ自体に驚きがないのは、俺が吸血鬼《ヴァンパイア》騒動で色々動き回っていたのを知っているからだ。

なにせ、《新月の迷宮》で二人を発見したのは俺たちだからな。

とはいえ、あそこで一番戦果を挙げたのはニヴだが。

それだけに、俺はそこまで誇れない。

リナについても俺以外の力が大きい。

だから俺は言う。

「……まぁ、成り行きだし、俺はそれほど貢献していないからな。別に俺に礼はいらないさ。それにしても、三人ともあんなことに巻き込まれたのに、全員無事で何よりだ。ちなみに、こっちのローヌは覚えているか？　二人を助けたときにもいたんだが……。俺の……友人だな。よろしくな」

俺がそう言うと、ローヌが前に出てきて、

「ローヌだ。《新月の迷宮》では慌ただしくて自己紹介も出来なかったが、二人の話はレントから聞いているよ。ちなみに、学者兼魔術師をやってる。冒険者としてのクラスは、銀級だな。よろしく頼む」

そう言って握手を求めた。

ライズはローヌが銀級、と言ったあたりで驚いたような顔をし、ローラはローヌの顔と体型を見て目を瞠り、それから自分の体を確認していた。

……なんとなく二人の気持ちが分かってしまう。

「あの魔術師の人か……けど、銀級……？　すげぇ！　あのっ、いつか俺も銀級になりたいんです！　まだ銅級だけど……早くなるために、コツとかありますか!?」

ライズは俺に話しかけるときとは明確に異なり、握手しながら敬語を使い始めた。

その瞳は憧れの冒険者を見る表情だ。

俺にはそんなに威厳がないか?

……妙な仮面に怪しげなローブ。

うん、ないな……あるとすれば、不気味さであろう。

ロレーヌはそんなライズの質問に、ローラとも握手をしながら、微笑《ほほえ》みつつ、答えた。

「それについて私はあまり良いアドバイスは出来ないな。私が銀級なのは、別に努力の賜物《たまもの》ではない。学問をある程度やっていたから、横道から銀級の資格を得られただけなんだ。もちろん、最低限の実力は試されるが、その程度でな。もしもまともに銀級以上になる方法を知りたいのなら、こっちの人の方が詳しいだろう」

そして、最後尾からライズとローラを観察していたニヴを示した。

なんでそんな慎み深い位置取りなんだ、らしくないじゃないか、と言いたいところだが、その目的を考えるとむしろニヴらしいと言える。

おそらく、ライズとローラの行動や表情など、諸々《もろもろ》を出来るだけ本人たちに気づかれずに観察しようとしたのだろう。

俺のことも以前、極めて詳細にストーキングしてくれた生粋のストーカーだからな、ニヴは。

なんて本人に言ったら怒りそう……でもないか。

吸血鬼《ヴァンパイア》が関わったら何でもかんでも常にテンションマックスな印象があるが、それ以外の場面だとむしろ冷静で温厚だ。

その辺りが、なんだか嫌だなぁ、と思いつつも積極的に追い払う気にはならないゆえんなのかもしれない。

策略家なのか天然なのか……分からん。

「はいはい、はじめまして……ではないですが、お二人とも。ご紹介にあずかりましたニヴ・マリスと申します。冒険者で、クラスはこれで金級です。どうぞお見知りおきを」

だいぶ軽い感じで笑顔で前に出てきたが、その目はあまり笑っていない……と分かるのは、ある程度修羅場を潜《くぐ》り抜けてからでないと難しいだろう。

そういう気配を隠すのも、ニヴはうまい。

実際、ライズもローラも、彼女に対して警戒していない。

ライズは金級、と聞いた辺りで先ほどより更に目を輝かせているだけだし、ローラにしても、ニヴの無意味な美人さにさらにがっくり来ているだけだ。

「……ええっと、もしかして、あの二人の吸血鬼《ヴァンパイア》と戦ってた人……？　それに、金級だって!?　すごい……その若さで、しかも女なのに……！」

見覚えはあるようである。

まぁ、当然か。

ライズもローラもニヴに助けられた、と言っていいだろうからな。

しかし、吸血鬼《ヴァンパイア》と戦っているときの彼女とは様子が違って静かだからか、一瞬誰だか迷ったようである。

それにしても、若干女性差別か、となる発言をしたライズであるが、別にそんな意図がないことは言うまでもないだろう。

というか、冒険者という職業がそもそも体力が重要な仕事である。

いくら魔術や気による身体強化があると言っても、強化のもっとも基本となる基礎体力は男性の方があるのは生物学上当然の話だ。

したがって、強い冒険者は男の方が必然的に多くなる。

それもあって、女性は冒険者組合《ギルド》では男性冒険者より一段落ちる、というような目で見られることも少なくないと言う単純な事実がある。

実際は、なめてかかった男性冒険者が腕利きの女性冒険者にボコボコにされる、ということは少なからずあるので賢い……というか、経験がしっかりある冒険者は男女で区別して冒険者を見たりはしない。

ただ、経験が浅い者たちは、一般的な感覚……つまりは、女性は男性より腕っぷしが弱い、という常識に縛られて、失敗することが多いのだった。

ライズはそのどちらでもなくて、単純に称賛しているだけだろう。

そもそも彼のパーティーメンバーは自分以外女性だしな。

女性なんて、とか思ってたらこんな構成にならない。

そんなライズに、ニヴは言う。

「それほど若いとも言えないのですが、頑張りましたからね。吸血鬼狩り《ヴァンパイア・ハント》をたくさんして、実績を積んだのです」

◆◇◆◇◆

「……流石に、吸血鬼狩り《ヴァンパイア・ハント》をたくさんするっていうのは……」

ライズはニヴの言葉にがっくりと来ていた。

その理由は極めて分かりやすい。

銅級になったばかりの新人冒険者に、吸血鬼狩り《ヴァンパイア・ハント》なんてものは夢のまた夢だからだ。

ニヴが手際よく吸血鬼狩り《ヴァンパイア・ハント》をしていくから、その難易度について最近、感覚が狂いつつあるが、本来、吸血鬼狩り《ヴァンパイア・ハント》というのは高位の冒険者であっても手を焼く高難易度依頼ばかりであり、普通の冒険者がいくつも片づけていけるようなものではない。

そもそも吸血鬼《ヴァンパイア》は極めて隠れるのがうまく、人の間に一度潜り込んだら二度と見つけられないというのが基本であるし、戦闘になれば、下級吸血鬼《レッサーヴァンパイア》でもその実力は最低でも銀級に匹敵し、そして放置しておけば延々と屍鬼《しき》という眷属を増やし続けられると言う厄介さである。

仮に吸血鬼《ヴァンパイア》を見つけても、その退治の仕方を間違えれば、その村や町に阿鼻叫喚《あびきようかん》の地獄絵図を容易に作り出すことの出来る悪魔的存在であって、そんなものに下級冒険者がおいそれと手出しなど出来るはずがない。

ニヴがそれを出来るのは、ほぼ確実に吸血鬼《ヴァンパイア》を判別できる能力と、極めて高度な吸血鬼《ヴァンパイア》に対する理解、そして恐ろしいほどの執念深さと、それを可能にする分析力と計画能力を持ち合わせているからだ。

そしてそんなものは、駆け出しの冒険者がそうそう持ちうるものではない。

だからこそそのライズの落胆だった。

「……ライズ、別にそんなに無茶なことしなくてもコツコツ頑張っていけばいいんだよ。レントさんも前そう言ってたでしょ？」

ローラがパーティーメンバーをそう言って慰める。

俺は……そんなこと言ったかな？

雑談とかしているときに言ったかもしれないが、あまり覚えていない。

覚えていないとはいえ、別に適当に言ったわけではないと思うが。

本当にそう思っているしな、俺は。

なにせ、コツコツやり続けて十年の俺である。

結果として、イレギュラーな方法によって強くなってしまったが、結局、冒険者でもなんでもコツコツやるのが一番効率的で近道なのだ。

特殊な才能や能力を持っているなら話は別だろうが、そういうものに漠然と期待しているだけだと結局何も出来ずに終わってしまうからな……。

「へぇ、レントさん、いいこと言いますね。私もそう思いますよ」

と、意外なところから賛成される。

言ったのはニヴであった。

彼女は続ける。

「もちろん、吸血鬼狩り《ヴァンパイア・ハント》が出来るならそれをした方が世のために人のためにいいに決まってますが、吸血鬼《ヴァンパイア》は私の獲物ですからね。他の方法で実績を積んだ方がいいでしょう。自分の実力に見合った適切な依頼を探し、それをしっかりとこなしていく。それを繰り返す。地味な作業ですが、それが最も良い冒険者を育てるものです。おかしな功名心とか、無意味な自信とかをいかに制御できるか、それが駆け出し冒険者が最初に乗り越えるべき試練ですよ」

……凄いまともなこと言ってる……。

などと思ってしまうのはニヴのネジが外れたところばかり見て来たからだろう。

ロレーヌも似たようなことを思っていることが、彼女のニヴを見る表情から分かる。

ただ同時に、流石は上位冒険者なだけあるな、という賞賛の色も見える。

ライズとローラは憧れの金級冒険者が言った言葉に感銘を受けたようだ。

「そうなんですか……レントの言ってたことは、やっぱり正しいんだな……コツコツ頑張ろうぜ、ローラ」

「うん。無茶しないで、ね」

ローラの方はニヴにありがたそうな顔をしている。

この二人だと、無茶するのはライズだろうからな。

ニヴがちょうどよくそのライズの無鉄砲なところを抑えるようなことを言ってくれたのが都合が

良かったのだろう。

それから、ニヴは、

「……それで、ですね。これからお二人には後輩として頑張っていただきたいところなのですが、少しばかり確認をしたいのです」

と本題に入る。

珍しく説明する気なのは……二人が無自覚であるから、かな。

吸血鬼《ヴァンパイア》にこれからなる可能性もあるが、今はまだ分からない。

二人は自分がそういう風になる可能性がある、とも分かっていないから。

自覚ある吸血鬼《ヴァンパイア》なら、逃げるから問答無用だ、と。

ぶれないな、ニヴ。

「確認？　何のですか？」

ライズが尋ねると、ニヴは言う。

「お二人が、吸血鬼《ヴァンパイア》になっていないか、についてです。お二人は吸血鬼《ヴァンパイア》に拐われたでしょう？

その結果、眷属化されている可能性がわずかながらあります。その心配を、私は取り払いたい」

語るニヴの表情は、笑顔だ。

形だけ見ると、ただ微笑んで説明しているだけだ。

けれど、その赤い瞳に宿る感情はかなり厳しいものである。

あの目の前には立ちたくないものだが、ライズとローラにはそれは感じられないのだろう。

それでかえってよかったな。

分かってたら逃げたくなるから。

事の重みが分かっていない二人は、顔を見合わせて、素直に返答する。

「別に構いませんよ、俺は。ローラも、なぁ？」

「うん。痛いこととかなければ……」

そんな二人にニヴは、

「問題なければ痛いことなどありません。同意もとれたということで……失礼しますね」

と言い、その掌《てのひら》に青白い炎を現出させた。

人の頭ほどの大きさの火炎が燃え盛る。

ライズにもローラにもそれは見えていないようで、手のひらを上に向けるニヴを不思議そうに見ていた。

それから、ニヴは二人に向かって、その炎を放つ。

そして、青白い炎は二人を包み込むように燃え盛るが……。

二人は、特に反応は見せなかった。

何か微妙な違和感はあるようで、首は傾げているが、それだけだ。

苦しむそぶりも、火傷を負うこともなく、問題はなさそうである。

その様子を見たニヴは、若干がっかりしたような表情をしたが、最初からその可能性は低いとは思っていたのだろう。

頷いて、手を再度二人に向けて、握りつぶすような仕草をすると、炎はぽっと音を立てて消えた。

「ありがとうございます。特に、問題ありません。お二人が吸血鬼《ヴァンパイア》になることはないでしょう」

ニヴはそう言って、今度こそ、穏やかな瞳で笑いかけたのだった。

◆◇◆◇◆

「……あんなにがっかりしなくても良かっただろうに」

俺がそう言うと、ニヴは肩を竦《すく》めて、

「私は吸血鬼狩り《ヴァンパイア・ハント》のために生きているのですよ？　その可能性があったのに、肩透かしではがっかりするに決まっているではありませんか……ま、人が吸血鬼《ヴァンパイア》になることなど、ない方がいいに決まってますけどね」

最後に付け加えた一言がおそろしく正論なので、やっぱりこいつはそんなに悪い奴ではないのだな、と思ってしまう。

ただ、吸血鬼《ヴァンパイア》に対する執着が半端でないだけだ。

ちなみに、今、俺たちはライズとローラの病室の外にいる。

病室の中にはまだ、ライズたちとリナがいる。

どうして俺たちが外に出ているかと言えば、リナに三人で色々と積もる話もあるだろう、と気を遣ったからだ。

あの三人はパーティーを組んでいるのであるから、この先のことについて話さなければいけないこともあるはずである。

そこに部外者がいると話しにくいだろう。

俺とロレーヌとしては、リナが吸血鬼《ヴァンパイア》もどきになってしまっていることから、その辺りのことも考えての相談が必要だろうと思ったのが大きい。

もちろん、あの新人冒険者二人の人格については銅級試験のときに色々と関わって、よく分かっているが、それでもリナが魔物になった、という事実については伏せての相談になるだろう。

いつかは言ってもいいのかもしれないが……流石にただの銅級が抱える秘密にしては重すぎるかもらな。

年齢的にも、まだ楽しく夢をもって冒険者をしてほしいし。

俺くらいに草臥《くたび》れていたらちょっと話すことを考えても良かったかもしれないが……いや、却《かえ》ってダメか。

どこかに流して金にしようとか思いつきそうだ。

俺だったらそうする。

「今更だが、《新月の迷宮》で出会ったあの吸血鬼《ヴァンパイア》は倒したのか？」

そう言えば聞いてなかったな、とロレーヌがそう言ったことで思い出す。

ニヴは頷いて、

「ええ。しっかり滅ぼしました。色々と聞きたいこともあったので存在を維持できるギリギリのところで攻撃をストップして尋問に移ったのですが、敵もさるものですね。自ら死を選んで消えてしまいましたよ。つまり、何も分からずじまいでした。残念なことです。ですから、余計にマルトにいるという親玉の方に期待していたのに、あの壁でしょう？　酷い話ですよ……」

と、彼女にしては珍しくがっくりと来た様子で悲しみを表現していた。

まぁ、ニヴの立場を考えると、確かに酷い話なのだろう。

ここに来るまでに相当な準備と計画を立てて乗り込んできたのに、最後の最後で俺たちに手柄をかっさらわれたに近いのだから。

ニヴが手柄に拘《こだわ》るかと言えばそうではないだろうが、吸血鬼《ヴァンパイア》には拘るだろうからほぼ同じことだな。

「それについては申し訳なかったとしか言えないな。結局、俺たちの方でも分かったことはあまりないし……」

これは必ずしも嘘《うそ》というわけでもない。

シュミニが迷宮を作ってその実質的な主になろうとしていた、というところまでは分かったが、なぜわざわざそんなことをしたのか、というのは分かっていないからだ。

迷宮の主になると何か特別な特典でもあるのだろうか？

それとも他に理由が？

なぞだ。

ラウラに聞けば分かるのかもしれないが、彼女は絶賛お昼寝中である。

いつ目覚めるかは分からない。

お嬢様の眠りは深いのだった。

そんな気持ちをも込めた俺の言葉に、ニヴは首を横に振る。

「いえ、別にレントさんたちが悪いわけではないですからね。純粋に私の判断ミスです。《新月の迷宮》など放っておいてマルトにいればよかったのですから。しかし、そうした場合に、ライズさんたちのような冒険者は犠牲になっていた可能性が高いわけですし……私は結局親玉吸血鬼《ヴァンパイア》に会えませんでしたが、レントさんたちが倒しました。つまり、結果だけ見れば、これで最善だったとも言えます。ですから、そういう意味では文句はないのです。ただ後悔として、自分の手で吸血鬼《ヴァンパイア》を滅ぼしたかったな、というだけで」

「それは次の機会に持ち越しだな。次なんてあってもらっちゃ困るが」

俺が冗談交じりにそう言うと、ニヴも真面目に頷いて、

「吸血鬼《ヴァンパイア》の悲劇に二度も巻き込まれることなど、あってはなりません。ただ、この街については当分そのようなことが起こることはないでしょうね」

随分きっぱりとそう言った。

別に二度ない、とも限らないと思うのだが、と俺が首を傾げると、ニヴは言う。

「中位程度の吸血鬼《ヴァンパイア》ならともかく、高位の吸血鬼《ヴァンパイア》が消滅させられた場合、吸血鬼《ヴァンパイア》たちはその場所から離れることが多いのです。何らかの組織的連絡がなされているのでしょうね。普通なら同族を滅ぼした人間に復讐《ふくしゅう》を、と考えそうなものですが……そうしないところに彼らの狡猾《こうかつ》さはあります。

そしてだからこそ、長きにわたって闇に紛れ、生き続けられてきた。ですから、ここは当分、安全なのです」

……そうなのか。

シュミニは確かにかなり高位の吸血鬼《ヴァンパイア》だったようだし、そういうことならマルトがまた吸血鬼《ヴァンパイア》に、という懸念は少ないのかな。

それでも用心しておくに限るが、その辺りについてはウルフがこれからしっかりやるだろう。

俺が心配することではない。

「……だが、そういうことならニヴはもうマルトから出ていくのか？」

彼女は吸血鬼狩り《ヴァンパイア・ハント》のために生きているような存在だ。

もう出現する可能性が少ないところにい続ける、なんてことはないだろうなと思っての言葉だった。

さっさと出てけとかは思っていない。

……本当だ。

実際、吸血鬼《ヴァンパイア》のことさえなければ、ニヴはただの有能な冒険者だからな。

まぁ、俺にはやましいことがいっぱいあるので、いない方がありがたくはあるが、それは俺たちの事情に過ぎない。

マルト住人からしてみれば、ニヴはいた方が利益になる存在である。

しかしニヴは、

「そうですね。そろそろ、いいかなとは思っています。迷宮も少し気になるのですが……ああいったものの出現については分析しても分からないことが大半です。私は専門家ではありませんし、調べたところで吸血鬼《ヴァンパイア》にまつわる何かを見つけられるわけでもありません。《学院》や《塔》の人間が大挙して押し寄せてくる前に、ひっそりと旅立ちますよ」

◆◇◆◇◆

「……それは残念だな。もっとマルトで活躍してくれると思ってたのに」

俺がそう言うと、ニヴは俺の目をじっと見つめてからため息を吐き、肩を竦め、

「……全くの嘘、というわけでもなさそうですが……完全な本心、というわけでもないようですね、レントさん。ま、いいでしょう。しかし、私も忙しいのですよ。吸血鬼狩り《ヴァンパイア・ハント》に、ね。私がいなくなっても、あんまり寂しがらないでください。レントさんが吸血鬼《ヴァンパイア》だというのなら話は別ですが……」

そう言いながら、俺に近づいてきた。

しかし、顔をぎりぎり直前まで近づけてから、ニヴは首を横に振る。

「本当に不思議です。レントさんはなぜ、吸血鬼《ヴァンパイア》ではないのか……」

「どういう意味だ？」

「どういうも、こういうも、そのままの意味です。今更の話だとお思いでしょうが、私はレントさん

が、吸血鬼《ヴァンパイア》である強い確信を持っていました」

「それは、俺の行動が怪しかったとか、そういうあれだろ？」

「それもありますが……究極的には勘です。理詰めでも、聖炎でもなく、私の勘……これは外れません。が、今回初めて外れました。ですからね、レントさん。貴方《あなた》は私にとって未《いま》だ、興味深い存在なのですよ……」

さらに近づいてきそうになったところで、

――がちゃり。

という病室の扉が開く音がし、そしてそこからリナが顔を出して、俺とニヴを見た。

そして、一瞬、時が止まり……。

「……えっ？　レントさんとニヴさんって……え？　そういう……そういう関係なんですか？　ロロ、ロレーヌさん！　いいんですか!?」

などと騒ぎ出した。

グラグラとロレーヌの体をひっつかみ、揺らすリナ。

ロレーヌはなんというか微妙な表情をして、そのまま揺らされるがままになっている。

「……いいも何も……あれは……そういうのとは……ちがう……と思う……がな……」

「じゃあ何なんですか!?　男と女があそこまで近づいているとき、することが他に何があると！

ききき……」

「……きき？」

「……キスとか……」

「いやぁ……するのかな？　リナ、一緒に見ててみようか」

ロレーヌが茶化すようにそう言った。

それに対してニヴは、

「……ふむ、レントさん。してみますか？　私は別に構わないんですが……」

「俺が構うわ。とりあえず離れろ」

ふざけたことを言い出したので肩を押して離れさせた。

冗談なのか本気なのか若干口を尖《とが》らせつつあったのが怖い。

こいつとそんなことしたら何もかも吸い取られそうで恐ろしい。

俺の方が吸い取る側のはずなのだが……それが出来るイメージがまるで浮かばない。

そんな俺たちの行動を見て、なぜかリナは若干がっかりしており、そしてロレーヌは悪戯《いたずら》っぽく笑っていた。

「からかうのもいい加減にしてくれよ、ロレーヌ」

俺が文句を言えば、ロレーヌは、

「いや、なに……リナが意外と耳年増《みみどしま》で面白かったからな。残念だったか？」

とリナに言う。

言われたリナは顔を赤くして、

「……そそ、そんなことは……ええと、お二人はそういう関係では、ない……？」

それでもそう尋ねてくる辺り、本当に耳年増というか、そういうことに興味津々なのかもしれなかった。

「私はそういう関係になっても……」

「だから、やめろっての。お前が言うとどこまで本気なのか分からないから余計にな……」

俺がそう言えば、ニヴも最後には首を横に振って、

「全く、レントさんは冗談が分からない人ですね。ま、これ以上やると怒る人が一杯いそうなのでやめておきましょう。リナさん、さっきのはたまたま近づいただけで、何でもないですよ」

「……そうなんですかー……」

だから、なんで残念そうなんだ。

俺とニヴがそんな感じになってみろ。

きっと最終的には殺し合いと書いて、愛し合うと読むような関係になるぞ。

それくらい、相容《あいい》れないものがお互いにある……ような気がする。

何が、と言われると困るんだけどな。

それこそ勘みたいなものだ。

「大体そんな関係だったらこんな人目につくところではなくもっとこそこそしますからね。流石にロレーヌさんの目の前で、とかはちょっと……」

「言われてみれば……でも、そう言った趣向もあると聞きますが……」

「……リナさん、貴女《あなた》、本当は色々分かっていてあえて言ってませんか？　私、そんな気がしてき

たんですけど」

「いえいえいえっ！　そんなことはっ！　全く！」

「……」

ニヴとリナは妙に気が合うのか、話が弾んでいる。

というかニヴの方が押され気味な感じがするのは気のせいだろうか。

意外だ……。

そんな二人を置いといて、ロレーヌが近づいてくる。

「……で、実際はどうなんだ？　狂える吸血鬼狩り《ヴァンパイア・ハンター》とはいえ、見た目については文句のつけようのない絶世の美女だ。あれだけ顔を近づければうれしかったんじゃないか？」

冗談交じりにそんなことを尋ねてきたが、俺は首を振った。

「むしろ喉の奥にブレスを溜《た》めてる竜が顔を近づけてきたような感じしかしなかったけどな……」

「……それは、なんというか、お気の毒に……」

「そもそも俺は最近そういう感覚が薄いんだ。全くないとは言わんが……あんまりな」

ひそひそ声で話し合う。

ニヴに聞かれても問題ないようにぼやかして。

「あぁ、そう言えばそうだった、な。しかしリナは……興味津々だな？」

確かに言われてみるとそうだ。

彼女もまた、吸血鬼《ヴァンパイア》もどきになっているはずで、俺のように様々な欲望が薄くなっている、はずなのだが……。

いきなり吸血鬼《ヴァンパイア》になったからか、もしくはシュミニが伴侶にするために使う下級吸血鬼化《レッサーヴァンパイア》を使ったからかもしれない。

俺の場合は最初は骨だったからな。

生き物の欲求とは全て遠く離れた肉体で、その名残が今の今まで続いていると言うことかも……。

そう考えると、いずれ、その辺の欲望は返ってくるのかもしれないな。

それでも人間だった時よりもずっと希薄なのだろうが。

「……まぁ、お年頃ってことなんじゃないか？　近くに友達以上恋人未満なカップルがいるわけだしな」

「ライズとローラか？　なるほどな……」

そんなことを話していると、ニヴとリナは会話を終えたようで、

「お二人とも、それでは私はこれで失礼させていただきます。明日辺りに街を出ますので、見送りに来てくれてもいいですよ？　では」

そう言って治療院を去っていった。

どこまでもつかみどころがない性格をしているが……見送り？

いやぁ……かなり、悩ましいところだった。

第三章　吸血鬼《ヴァンパイア》の技術

「冒険者組合《ギルド》への報告の方はいかがでしたか？」

イザークがラトゥール家の屋敷の庭でそう尋ねる。

ニヴと治療院で別れてから、とりあえず俺たちはラトゥール家に戻って来たのだ。

まだ、吸血鬼《ヴァンパイア》特有の技術とやらを教えてもらっていないからな。

俺とリナはまとめて教わった方がいいだろう。

ロレーヌは別に自宅に戻ってもらっても構わなかったのだが、吸血鬼《ヴァンパイア》が自らの技術を見せてくれるという滅多にない機会が目の前にあるのに、自宅でのんびりなどしていられるか、と言ってついてきた。

まぁ、確かに気持ちは分かる。

一応《新月の迷宮》で吸血鬼《ヴァンパイア》たちが色々なことをやっているのは見ているが、その原理とかどんなことがどこまで出来るかとかは、戦闘中に細かく説明してくれるわけがなく、なんとなくあんな感じのことが出来るんだな、というくらいにしか理解しようがない。

一般的にも吸血鬼《ヴァンパイア》の理解というのはそんなものだ。

ニヴはもっと色々詳しく知っていそうだが、あいつは知りすぎなのだ。

吸血鬼《ヴァンパイア》以外で、最も吸血鬼《ヴァンパイア》の真実に迫ってそうな気さえする。

執念深く頑張れば、人間って結構何でも出来るんだなぁと彼女のことを思うと感心する。

人間らしさはニヴには無いけどな。怒られるか。

「ああ、概《おおむ》ね問題なかったよ。色々突っ込まれるかとも思ったんだが、そもそもウルフには俺の体のことは話しているからな。今更何か隠し立てするようなこともないだろうと思われたのかもしれない。それに加えて、今、このマルトで起こっていることは前代未聞のことばっかりだからな。色々考えようにもまだまだ情報不足だったのかも」

今のマルトの状況を見て、誰にも説明されていないのに真実に辿《たど》り着ける可能性などどれほどあるのだろうか。

ほとんどゼロに近い。

俺たちが正確に状況を把握できているのは、その中心にずっと関わり続けたからに過ぎない。

つまり、偶然の賜物《たまもの》だ。

それを、いかに切れ者のウルフとはいっても、街で屍鬼《しき》が暴れているのを見て、吸血鬼《ヴァンパイア》が出現した、と認識し、迷宮が唐突に出来たと知ったくらいで、全てを見抜けたらそれはもはや千里眼である。

「なるほど……いくら冒険者組合《ギルド》と言っても全く知らないことまで集められる情報収集能力はないでしょうからね。それにウルフ殿は現実主義者です。まずは、目につく問題を一つずつ片づけていく方が重要と考えているのでしょう」

「そう言われると……そうだな。そんな感じだった」

ウルフは迷宮の取り扱いや、今後マルトがどういう状況に置かれ、冒険者組合《ギルド》がどのような対応をしなければならないか、について主に話していた。

原因や今回の事件の全容解明というよりは、これからどうしていくべきかの方が大事だ、というわけだろう。

確かに、現実的だな。

可能なら全容解明もしたいだろうが、迷宮なんてそもそも専門の研究者ですらその全てを明かすことなど出来ていないのだ。

あのニヴですら、さじを投げて放置するようなものである。

冒険者組合長《ギルドマスター》だからと言って頑張ればそれが可能になるというものではないのだ。

「ま、これでしばらくは安心してもいいのは間違いないな……他の地域の冒険者や王都のエリートたちがマルトにやってくればそれなりに問題が起こることもあるだろうが、それまでにレントとリナは色々身に付けておくといいだろう。イザーク殿、吸血鬼《ヴァンパイア》の技、見せていただけるのだな？」

ロレーヌが興味を抑えきれない様子でイザークにそう言う。

その言葉にイザークは苦笑しつつ、

「ええ、そういうお約束ですからね。もちろんです。手始めに……これから、ですかね」

そう言った直後、彼の体が爆《は》ぜるように飛び散る。

と言っても、実際に爆発してしまった、というわけではなく、よく見れば、その体の一部がそれぞれ、漆黒の動物となって四方に飛んでいったことが分かった。

これは……。

「《分化》……。吸血鬼《ヴァンパイア》の代表的な特殊能力……」

ロレーヌが感心するように言った。

今、イザークの体は、それぞれが小さな蝙蝠《こうもり》の姿になって辺りを飛び回っている。

いずれも実体を持ってはいるようだが、しかしその輪郭は空気に溶けているような心もとなさを感じる……。

実際、近づいてきた蝙蝠のうち、一匹に触れると、俺の手はすり抜けてしまい、摑《つか》むことは出来なかった。

何かに触れたような感触はあるのだが……なんというかな、空中に放り投げた砂を摑んだような感覚と言えばいいだろうか。

手ごたえがほとんどないのだ。

リナやロレーヌも同じようなことをしているが、やはり全く摑むことが出来ない。

リナは蝙蝠を追いかけて楽しそうにしており、ロレーヌは何か瞳の奥に感動を浮かべている。

こんなに近くで、吸血鬼《ヴァンパイア》本人の許可を得て《分化》した体に触れられることなどないだろうから、当然と言えば当然か。

そしてしばらく蝙蝠たちは飛び回った後、ゆっくりと一箇所に集まっていって、人間の影のようなものをもぞもぞと形作る。

そしてふっと全ての蝙蝠たちの輪郭が混じり合うと、そこには気づけばイザークの姿が現れていた。

「……いかがでしたでしょうか？　と言っても、ロレーヌさんとレントさんは見たことがあるでしょうが……」

実際、《新月の迷宮》で吸血鬼《ヴァンパイア》たちがやっているのを見た。

しかし……。

「……いや、それでも十分に驚いた。吸血鬼《ヴァンパイア》というものの恐ろしさも再認識できた。こんな風になられては、魔術師としては密室に閉じ込めて一気に燃やすとか、そのくらいしか対応のしようがないな……」

そう言って頷《うなず》いている。

内容が若干物騒だが、基本的に吸血鬼《ヴァンパイア》は敵として遭遇する可能性が高い相手だ。

どう戦うか、という点に思考が寄りがちになるのは仕方がない話だろう。

ラウラやイザークはむしろ例外的な存在であることを忘れてはならない。

「仮にそのようにしても、何度かは復活することが出来てしまいますから、中々難しいところかもしれません。吸血鬼《ヴァンパイア》相手だと持久力勝負になりがちですね」

イザークがそうロレーヌにアドバイスする。

◆◇◆◇◆

「しかし、それはあくまで普通に戦えば、の話で他に方法がないわけでもないのです」

イザークはそう続ける。

俺たちが首を傾《かし》げると、イザークは言う。

「たとえば、聖気。あれを、私たちは苦手としています。触れると火傷《やけど》をしますし、武器に込められれば、大きなダメージを受ける……とはいえ、それでも一撃で死ぬ、ということにはなりませんし、若干再生が遅くなったり、その回数が減る、というくらいですが」

なるほど、確かにイザークはロレーヌが作った聖樹もどきを嫌がっていたものな。

あそこからは僅かとはいえ、聖気が噴き出ている。

未《いま》だに庭に生えているが、イザークは基本的にそちら側に近づこうとしない。

本当に嫌なのだろう。

だったら抜けばいいのに、と思うが、そこは彼のラウラに対する忠誠心の表れなのだろう。

しかし、吸血鬼《ヴァンパイア》に対して再生回数や速度を減少させることが出来る、というのは大きいな。

それが出来なければ延々と回復し続けるわけだから……。

よくよく考えてみれば、《新月の迷宮》でニヴはそれをやっていたのかもしれない。

ニヴは俺よりもずっと聖気の扱いに長《た》けているから、使っているのか使ってないのかはっきり分からないんだよな……。

《聖炎》くらいあからさまにやってくれれば分かるんだが、普段はそんな使い方はしていないということだろうな。

俺だって一応、自分の聖気を隠すことは出来るようになっているわけだし、年季の入っているニヴが出来ないわけはない、と。

そういうことだろう。

思えば、あそこで出会った吸血鬼《ヴァンパイア》たちが驚いていたのは、再生に限界があるということを知ったと言うのももちろんだろうが、消耗が思った以上に早かったから、というのもあったのかもしれない。

その理由は、ニヴの聖気だ、というわけか。

特にその点に言及しないで相手の心を折りに行っていたニヴの性格の悪さを感じる。

まぁ、それはいいか。

あいつの性格の悪さなど今更な話だ。

それも、基本的に吸血鬼《ヴァンパイア》に対してのみだしな。

他に対してはそれほどでもない。

「聖気以外にはないのか？」

ロレーヌがそう尋ねると、イザークは頷く。

「あります……これなんかはそうですね」

そう言って、何もない空間から、突然剣を取り出した。

腕を軽く振っただけのようにしか見えなかったが……。

一体どこから？

手品かな。

イザークは手品師なのかな。

……ないか。

ちなみに手品師、というのは魔術的な仕掛けを使わずにまるで魔術のように感じられる現象を起こす人々のことだ。

魔術を使ってすら不可能なことを、なんらかのトリックを駆使して実現していることすらある。

タネを聞くと、大したことないな、と思うが、見世物として面白いから結構いろんなところでやっていたりする。

おっと、それより、今イザークが取り出した剣についてだ。

「それは……あれだな。シュミニと戦っていた時に使ってた剣？　でもあのときのはもっと巨大だったような」

今、イザークが持っているのは細身の剣である。

だから、あれ？　と思ったわけだが、イザークがその柄《つか》を思い切り握り締めると、細身の剣の刀身を起点にして、刃の部分がどんどん巨大化し、そしてあのときに見た大剣へと姿を変えていた。

赤色の刃を持った、大剣。

……かっこいいな。

しかし、なんだあの武器は。

魔法剣かな？

気になったのは俺だけではなく、ロレーヌが尋ねる。

「その武器は……魔法剣か？　細身の剣に魔力を注ぐことによって幅広の大剣へと姿を変える、という機構は見たことがあるが……」

一応あるのか。

まぁ、魔法剣は様々な鍛冶師たちが試行錯誤しながら色々と作り出している。

およそぱっと想像できるような機構は、その強弱はともかく、概ね存在していると思っていいだろう。

そう言う意味では珍しくないのかもしれないが、しかし、先ほど唐突にイザークの手元に現れたことが気になる。

そういう魔法剣なのかな？

でも、そうだとすると部分的に転移魔術を可能にしていると言うことに……うーん、分からん。

そんな俺たちの気持ちを理解したのか、イザークは説明を始めた。

「これは、《血武器《サン・アルム》》と呼ばれる特別な武器です。吸血鬼《ヴァンパイア》の鍛冶師が、使い手の血を使って特殊な製法でもって作り出すことにより、その吸血鬼《ヴァンパイア》の体内に収納することが可能となる、魔剣。これを使って戦えば、吸血鬼《ヴァンパイア》相手でも、通常の人間同士の戦いのようにダメージを与えられるのです」

《血武器《サン・アルム》》。

そんな武器があるのか。

いや、魔剣、と言っているから魔法剣の一種であると考えていいだろう。

魔剣と魔法剣だと意味が少し異なり、魔法剣、というのは魔法がかかった武器全てを指す広い意味の言葉なのだが、魔剣、というのはその中でも強力なもの、というくらいの意味合いだな。

こんな説明するとロレーヌには正確ではない、もっと明確かつ厳密な定義が……とか言われそうだが、そもそも魔剣なんて普通の冒険者にはまず、縁がないものだからな……買えば白金貨が何十枚、何百枚となく飛んでいく。

今の俺でも全然買えない。

今俺が持っている剣は、魔法剣の範疇《はんちゅう》だ。

効力は、気と魔力と聖気を通せる、というだけの単純なものだが……そんなこと言うと、それこそクロープに怒られるか。

間違いなく良い剣ではあるので、文句を言うのは罰当たりである。

大体、素材と金さえあればクロープなら魔剣と呼べるものを作ることも出来るのかもしれないしな。

「吸血鬼《ヴァンパイア》の鍛冶師は、魔剣を作る技術を保有しているのか……」

ロレーヌが驚きの表情でそう呟《つぶや》く。

基本的に、魔剣なんてものは迷宮の深層で見つかるか、古代から伝えられてきた品がどこかで見つかるとか、誰かが手放してオークションに流れてくるとか、そういう方法でしか手に入れることが出来ない。

新たに作り出す、というのはひどく難しいか、不可能とされているものをこそ、魔剣と呼ぶのだ。

だからロレーヌの気持ちは分かる。

しかしイザークは、

「私の知る限り、それが可能な鍛冶師は吸血鬼《ヴァンパイア》にも一人しかいません。そしてその人物の技術を継げる者もいないのです。ですから、吸血鬼《ヴァンパイア》全体が持っている技術か、と言われると違うでしょうね。その一人が、突出した天才だ、というだけです」

◆◇◆◇◆

「さて、少し話はずれましたが……《分化》をやってみましょうか」

イザークがまるで素振りでもしてみようか、みたいな口調でそう言った。

やってみましょうか、で出来れば苦労しないと思うのだが……。

俺とリナがそう思っているのが伝わったのかもしれない。

イザークは苦笑して、

「……いえ、そんなに難しいものではないのですよ？　と言っても、中級に達した吸血鬼《ヴァンパイア》にとっては、という限定はつきますが……。ただ、下級でも努力次第では可能ですので、リナさんもおそらくは身に付けることは出来ます。問題はそもそも二人とも《分化》出来ない種族である、という場合でしょうが、まぁ、そのときはそのときで、ということで」

最後に付け足した部分についてはどうしようもない話だから構わない。

俺やリナが、吸血鬼《ヴァンパイア》の亜種なのか、それともそれに近い能力を有する別種なのか、もしくは完全に異なる独立した種族なのかは分からないからだ。

だが、人の血肉を餌とする、という部分については同様であるし、回復力も吸血鬼《ヴァンパイア》に匹敵するのは事実である。

おそらくは亜種か、近い種族であると考えて頑張るのは方向性としては間違っていないだろう。

「……それで、一体どうやるんだ？」

俺がイザークに《分化》のやり方を尋ねる。

魔術でも気でも聖術でもそうだが、基本的なやり方が分からないと手の付けようがない。

料理だって包丁の使い方と調味料の種類くらい知っておかないと簡単なものだって作れないのと同じだ。

かつてのロレーヌは包丁を両手で持ってジャガイモを叩《たた》き切ろうとしていたくらいである。

切れたはいいが、まな板も同時に二つに割れた記憶がある。

初心者というのは何事もそういうものだ……。

「とりあえずは、イメージですね。自分の体が、別のものの集合体だと考えるのです。《別のもの》とは何かと言われれば、それは人によります。私の場合は《蝙蝠》が一番簡単で、馴染《なじ》み深かったので《分化》を使うとこうなりますね……」

イザークはそう言って指先だけを《分化》させると、そこからばさばさと二、三体の蝙蝠が飛び上がり、そしてまた、ふっとイザークの指先に同化した。

「部分的な《分化》も可能なのか」

ロレーヌがそう尋ねると、イザークが答える。

「と、言うより部分的な《分化》の方が初歩です。体全体を《分化》する方が難しいですね。意識や視点が分かれるので、統一するのに苦労します。部分的に行う場合は、左右で別のものを見る、くらいの感覚で済みますから、ここから慣れていくのが楽です」

その説明は、言っていることは理解できるが、しかし実際にそういう感覚に自分が陥るのだと考えると、ひどく酔いそうな気がした。

しかし、あれだな。

以前、小型飛空艇を操った時の感覚に近いのかもしれない。

あのときは視点が分かれただけだったが……意識か。

「なんだか少し怖いんだが」

俺が思わずそう言うが、イザークは、

「それほど恐れることはありません。初心者が一人で行っていたら、そのまま意識が無限に分散してそのまま消滅、ということもあり得ないとは言えないのですが、ここには一応、先達である私がいますので。危険な場合は強制的に元に戻すことが可能です」

……なんだか怖さが倍増したんだが。

失敗すると消滅するのか？

躊躇《ちゅうちょ》どころじゃすまないぞ。

そんな俺の心配を、別のものとしてとらえたらしいイザークは、続ける。

「ああ、強制的に戻すことが可能なのは、慣れていない最初だけですので、その辺りはご心配なさらずに。ご自分で《分化》を制御できるようになりますと、もう外部からの干渉は受け付けなくなってしまいますからね」

そこは心配していないんだけどな、と思ったが口にしないでおくことにする。

怖がってる、なんて思われたくないんだ！

などという小さなプライドがあったりなかったりするわけだが、何にせよ身に付けておいた方が良い技能なのである。

怖かろうが何だろうがやるのだ。

気にしても仕方がない。

「……とりあえず、やるだけやってみるか……。俺とリナ、どっちが先にやった方が良い？」

イザークにそう尋ねると、イザークは少し悩み、それから答えた。

「先にリナさんにやってもらいましょうか。正直、レントさんの場合、どうも力が不安定なようですから、何が起こるか想像がつかない、というのもありますし……」

「なるほど、確かに。点火の魔術のこともあるしな……」

ロレーヌがイザークの言葉に頷いて同意した。

本来、小さな種火が出るくらいの魔術で、巨大な炎柱が出現してしまうのだ。

確かに、俺がやると何がどうなるのか分からない……。

でも、水の魔術だったら結構しっかりと普通に使えたんだけどな。

なんで点火の魔術はあんななんだ？

分からん。

まぁ、飲み水は確保できるから別にいいか。

焚《た》き火《び》の種火係はこれからリナに任せることにしよう……。

俺が担当したら放火係にしかなりそうにないからな。

「……誠に遺憾だが、それは正しい意見だろうさ。じゃ、リナ、準備はいいか？」

俺がリナにそう尋ねると、彼女は頷いて、

「はい！　頑張ります！」

と言ってきた。

気合十分らしく、怯《おび》えている様子はない。

俺よりもずっと肝が太いようだ。

……まぁ、最初に会った時からずっとそうだったしな。

流石《さすが》にこの格好じゃ街なんて行けないって、という優柔不断な俺に、行けます行けます言い続けたのはリナである。

暴勇とか無謀に近いところもあるかもしれないが、冒険者にはそういう勇気も大事だ。

あまり行き過ぎると死ぬが、今のリナはそうそう簡単には死なないというか死ねないだろうし、ちょうどいいくらいのバランスに落ち着いていると言えるかもしれない。

「……では、やってみましょうか、リナさん。やり方はさっき説明した通り、まず、自分の体が、何らかの《もの》の集合体だととらえるところから始まります。それが出来たら、指先からそれが一つ、独立するようなイメージをするのです……無意識も作用するので、思っていたのとは異なる《もの》が体から離れることもありますが、慌てずに、それがもう一つの自分だと認識するのです……」

イザークがリナにそんな風に語り掛けていく。

リナはイザークの言葉を聞きながら、想像の翼を広げているのだろう。

目をつぶって、集中している。

そして、ついにそのときは訪れた。

◆◇◆◇◆

リナの指先の輪郭がおぼろげになっている。

そこには確かに彼女の手が、指が存在しているのに、彼女の体と外界を隔てる境界が曖昧になりつつあるのだ。

境目を失った彼女の指先は、徐々に黒みを帯び、そして影のような色合いへと変化していき、あっ、と思ったそのとき、そこから何かが飛び出すように離れた。

リナの手は、手首から先がなくなっていて、その代わりに、その離れた《もの》が彼女の周りをくるくると駆けまわっていた。

「……成功、したようですね」

イザークがそう言った。

《分化》、その初歩である部分的な《分化》に、リナは成功したらしい。

しかし、そう言われた本人は、イザークの言葉に反応していない。

いや、出来ない、と言った方が正しいだろう。

その瞳はぼんやりと虚空を見つめ、その肌からは汗が染みだしている。

おそらく、かなりきついのだろうと思われた。

「……大丈夫なのか？」

俺がそう尋ねると、イザークは頷く。

「初めのうちは、誰しもあんなものです。しばらく維持して慣れるしかないのですよ……しかし、また珍しいものに《分化》しましたね」

イザークがそう言って、リナの《分化》した《もの》を見つめる。

俺とロレーヌもそれに注目した。

「ふむ……猫、だな？」

ロレーヌがそう言ったので、俺もそれを観察してみる。

優美な曲線を描く体に、長いしっぽ、ぴんと立った耳を持つそれは、どう見ても猫だ。

ただ、現実に存在する猫のようではなく、その影が立体的になったような感じである。

暗闇の中で光り輝く瞳や、赤い舌が覗《のぞ》く口があるべきだが、そのどちらもその猫には存在しない。

瞳や口のあるべき部分も含め、体全体が漆黒なのだ。

「本物っぽくないのは、ああいうものなのか？」

気になってイザークに尋ねると、

「慣れれば本物のようにも出来ますよ。ほら」

彼はそう言って、自分の指先を《分化》させた。

するとそこからは、先ほど見せてくれたのとは異なり、現実に存在する蝙蝠と変わらない存在が飛び上がる。

目や口もあるし、近づいてみると毛が生えているのも見えた。

言われなければこれが《分化》したイザークであるとは気づくことは出来ないだろう。

イザークは続ける。

「ですが、一番作りやすい形は、こちらですね」

そう言うと同時に、蝙蝠は細かな形を失い、全体が漆黒の影へと変わった。

リナが出している猫と同様の存在だ。

「うーむ。面白そうだ……私もやってみたいが、流石に普通の人間には無理か……」

ロレーヌが口惜しそうにそんなことを言っている。

普通の人間にこれが出来たらちょっと怖いだろう。

まぁ楽しいかもしれないけどな。

というか、そもそもロレーヌが普通の人間かどうかは若干議論の余地があるところだが……。

もちろん、本人にそんなことは言えない。

「そこは残念ながら諦めていただくしか。おっと、そろそろ限界に近づいてきているようですね。リナさん、聞こえていますか？　聞こえていたら、その猫を、自分の指先に戻してみてください……そう念じるのです」

イザークがリナにそう語り掛けると、リナは特に返事はしなかったが、彼女の周りを動き回っている影の猫の動きが変わった。

先ほどまで少し距離があったが、ゆっくりとリナに近づいていき、そしてその指先に向かって飛び上がる。

そして、リナの手首に近づくと、猫は猫としての輪郭を徐々に失い、そしてリナと同化していき、気づいた時には、何もなかったリナの手首の先に、彼女の手が戻ってきていた。

その瞬間、虚空をぼんやりとした表情で見つめていたリナが、崩れ落ちるように力を失ったので、俺とロレーヌが駆け寄ってその体を支える。

リナは息が荒く、かなり疲れている様子だった。

「おい、大丈夫か？」

「横になった方がいいのではないか……リナ」

俺とロレーヌがそう話しかけると、リナは汗ばみながらも、しっかりと答える。

「いえ、なんだか……物凄《ものすご》く一生懸命走ったあとみたいな感じがするだけですから……。少し休めば、大丈夫です。たぶん……」

短距離走の後か。

それだけ体力を消耗するもの、ということなのか。

慣れてないから余計に疲れているのか。

まぁ、たぶん、慣れてないからだろうな。

《新月の迷宮》で出会った吸血鬼《ヴァンパイア》たちも結構疲労していたが、今のリナほどではなかった。

彼らはある程度、慣れていたからあんなもので済んでいたのだろう。

それでも、ニヴが指摘していたように限界はあったようだが……。

これさえあれば一切ダメージは負わない、万能の能力、というわけではないわけだ。

「実際、どうなんだ？　休んでいれば回復するのか？」

俺がイザークに尋ねると、彼は頷く。

「ええ。最初ですから、それなりに長めに休息はとっておいた方が良いでしょうが、しばらく休めば問題ありませんよ。ただ、何度も練習をしていただく必要がありますから、感覚を忘れないうちに繰り返す必要はありますが」

つまりは、疲労がとれないうちにもう一回、という感じでやっていかないとならないということだろうか。

結構きつい練習なのかもしれない。

と言っても、俺はまだどれくらい大変なのか分かっていないが……。

そもそもどんな感覚だったんだろうな？

そう思った俺は、リナに尋ねる。

「それでリナ、初めて《分化》した感想はどうだ？」

疲れているところ申し訳ないが、会話が不可能という感じでもないようなのでそう尋ねる。

するとリナは、

「そうですね……ちょっと頭が混乱しました。右目と左目で別のものを見ている感じというのは確かにその通りだなって……。それに、自分が二人いるような感覚がするというか。どっちも自分なんですけど、別のものを見て別のところにいるから、別のことを考えているんですよね……全体が自分なんだって認識するのが大変というか……」

……もう人間にはよく分からん感覚だな。

いや、俺も人間ではないのだけど、こればっかりは体験しないと無理そうである。

ロレーヌは面白そうにふむふむと頷いていて、色々と質問攻めにしたそうな顔をしているが、流石に今の疲労困憊《ひろうこんぱい》なリナにそこまでする気にはならないようだ。

ちょっと話すくらいならともかく、ロレーヌの質問はかなり細かく延々と続くからな。

付き合うには体力が必要である。

「ともあれ、リナさんはしっかりと第一段階をクリアしましたので、何度か練習すれば全体的な《分化》も出来るようになるでしょう。かなり呑《の》み込みが早い方です。将来有望ですね」

イザークが深く頷いてそんなことを言っている。

将来有望……吸血鬼《ヴァンパイア》もどきの将来ってなんだろうなぁ。

魔王とかだろうか。

吸血鬼《ヴァンパイア》の魔王はいなかったはずだから、目指してみてもいいかもしれない。

山奥の古城で人の血をワインのようにグラスに注いで哄笑《こうしょう》しつつ上半身裸のイケメン数人を目の前に並べて観賞するリナ……。

……妙なイメージが頭に浮かんでしまった。

意外と似合っているか？

……いや、流石に冗談だけどな。

◆◇◆◇◆

「……ともあれ、どうやらリナについては問題なさそうだな。これからも努力していけば吸血鬼《ヴァンパイア》……もどきとして実力をつけていけるだろう。それが果たして喜ばしいことなのかはちょっとあれだが」

ロレーヌがそう言いながら、最後に少し首を傾げる。

言いたいことは分かる。

別にリナは吸血鬼《ヴァンパイア》もどきになりたかったわけではないし、吸血鬼《ヴァンパイア》もどきとして実力者になりたい、というわけでもないのだからそこに疑問が生じるのは当然の話だ。

ただ、リナも冒険者である。

単純に強くなる、ということそれ自体は喜んでもいいことだろう。

仮にそのうち、人に戻れる方法を見つけたとして、その場合に今の魔物体質由来の強さが受け継がれるのかどうかはまた問題ではあるが、そこも気にしても仕方がないしな。

いつか、強さか種族かの選択を迫られる日が来るのかもしれないが、そのときのことはそのとき考えるしかないだろう。

「吸血鬼《ヴァンパイア》生活も決して悪くはないのですけどね……寿命もないことですし。ただ、長い年月を過ごすにしたがって、周りに置いて行かれる気分はなんとも言えないものがありますし、ひとところにとどまり続けるには色々と苦労があります。そういうことを考えると、すごくいい生活だとも言い難いものです。その辺りについての答えは、一朝一夕では出せないでしょうから、しばらく悩んでいただくとして……とりあえず、今は、レントさんの《分化》ですね。何が起こるのかは私にも予測できませんが、覚悟はよろしいですか？」

イザークがそう尋ねてきたので、俺は頷く。

今まで何度となくわけの分からない状況に置かれてきた俺だ。

この程度の予測不可能さで物怖《ものお》じするような精神はもう持っていない。

……でも、あんまり変なことが起こるのは嫌だが。

ただ、それでも《分化》するだけなので、余程おかしなことが起こったとしても変な生き物の影に《分化》するだけだろう。

たぶん、きっと。

ゴ○ブリとかになったらやだなぁ……というくらいだろうか。

「さて、それでは覚悟も決まっていると言うことですので、始めましょうか。と言っても、やり方についてはすでに全てリナさんに説明した通りですので、あとは実践するだけですが……覚えておられますか？」

流石に十分くらい前のことは若干鳥頭気味なところのある俺でも覚えている。

確か……自分の体を何かの集合体だ、と考える。

そしてそれらが独立していくようなイメージを浮かべれば、《分化》出来る、とそう言う話だったはずだ。

一応、間違っていないかイザークに確認すると、彼は頷いて言う。

「ええ、その通りです。問題は何の集合体だと考えるかですが、私は蝙蝠、リナさんは猫、と、例も見たわけですし、やりやすいのではないかと思いますが、いかがですか？」

「確かにな。大体の雰囲気は摑めた気はしてる……」

ただ、実際、何がいいかなと考えると悩むな。

こういうことについては優柔不断なんだよな……。

リナが猫だから犬とか？

安易だな……。

あ、エーデルがいるから鼠《ねずみ》はどうだろうか？

でも鼠だと、空とか飛べないし……飛空艇の件で分かるように俺は空を自由に駆け巡りたい願望がかなりあるのである。

けど、空を飛ぶなら自前ですでに出来るし、わざわざそれに拘《こだわ》る必要もないような気も……。

あぁ、選び難い。

「そう言えば、イザーク殿もリナも、動物でイメージしていたが、それ以外は可能なのか？　たとえば……そう、植物とか」

ふとロレーヌがそんな言葉を口にする。

これにイザークは、

「出来なくはないですが、一度やってしまうと固定してしまうので避けた方が……」

と言っていたのだが二人のそんな話を聞いているうち、俺の頭の中には自分が木になったようなイメージが強く浮かんでしまった。

しまった、と思ったそのときには、自分の指先が変化していくのが感じられた。

輪郭が希薄になり、そしてそこから何かが……生えて来ているな。

おい、これはあれじゃないのか。

枝とか葉っぱとか……。

止めようと思ったが、すでに変化は腕の先まで来ている。

全体が枝のようになってきていて、もう止めようがなさそうだ。

あぁ、出張肥料だった俺は、ついに自分自身が植物になってしまうのだろうか……。

冗談のようで冗談にならない感じだ。

今からどうにか方向転換を図れないものか、そう思って、色々とイメージしてみる。

植物の集合体か……それってつまり、森だろう。

森ということは、そこには動物も棲《す》んでいるんじゃないか？

たとえば、それこそ鼠とか野犬とか、兎《うさぎ》とか鳥とかさ……。

場所によっては竜とかもいるかもしれないし……。

そこまで考えたところで、枝になった腕とは反対側の指先から、兎や鳥の影が飛び出していくところが見えた。

視点が二つ増え、少し目が回った感覚がするも、すぐに慣れる。

一度飛空艇模型で自分以外の視点を経験していたのが良かったのかもしれない。

そして俺は思う。

この方向性で行けるかもしれない、と。

何かの集合体になったと考えろ、とは言われたが、別に一種類じゃなければいけないとは言われていない。

イザークからするとそれは自明だったから言わなかっただけかもしれないが、どうやら出来ているようだし、別にいいだろう。

さらに俺は考える。

植物、と言うが別に必ずしも地面に根を張っていなければならないというわけでもないだろう、と。

何か別なものに変化できるというのはいいが、移動できなくなるというのは不便極まりない。

そう思っての考えであり、そして実際に世の中には移動できる植物系統の生き物というのは存在する。

魔物で灌木霊《シュラブス・エント》なんかは分かりやすいだろうし、樹木の精霊のドライアドなんかも広い意味では植物と言えなくもないだろう。

つまり、樹木が移動してもいいはずだ。

俺の身が何かに変わるとして、動く植物になってもおかしくはない……。

俺の想像は、俺の体を非常に奇妙な存在へと変えていく。

イザークやロレーヌ、それにリナの瞳は驚きの感情に彩られて見開かれている。

しかし、一度始まってしまったものはどうしようもない。

俺は自分の考えるまま、《分化》していく……。

閑話　吸血鬼《ヴァンパイア》イザーク

《分化》というのは吸血鬼《ヴァンパイア》の中でもかなり個性の出るものだと言われる。

自らの体が何か他のもので形作られているのだと考えるわけだが、その《他のもの》が個々人で共通するわけもない。

人に個性があるのと同様に、当然吸血鬼《ヴァンパイア》にもそれはある。

ただ、それでも多くが似通った方向に落ち着くのも事実ではある。

たとえば、私――イザーク・ハルトのように、《分化》すると蝙蝠《こうもり》になる、というのはありがちなものだ。

多くの高位吸血鬼《ヴァンパイア》が《分化》した場合に蝙蝠になるのは、先達がそのように変化するのを実際に目にしてきたからである。

私が今回、《分化》の仕方を教えているように、初めは皆、誰かに教わってきたのだ。

その際に見せられたものが、《分化》のイメージとして固まるのは、至極当然の話だ、というわけだ。

ただ、別に蝙蝠でなければならないと決まっているわけでもなく、基本的に何に《分化》するかは自由に想像していい、と告げるため、他のものに《分化》することもある。

今回の場合で言えば、リナは猫だったわけだが、他の動物になることもそれなりにある。

だから、リナの猫、というのもおかしくはない。

とはいえ、リナの場合、これから体全体を《分化》出来るようになっても、その全てが猫となることだろう。

《分化》というのはそういうものであり、私も同様にどれだけ分化しても、分かれた身の全ては、蝙蝠となる。

しかし。

しかしだ。

今、目の前で起こっていることは何なのだろう？

レント。

レント・ファイナ。

彼はまず、その身を植物へと変化させた。

それ自体は、非常に珍しいことだが、考えられない話でもない。

何に《分化》するのかは自由であり、そうである以上は植物になってもおかしくはないからだ。

ただ、《分化》した後、どの程度動けるかは、《分化》したその身の特性に左右される部分が少なくないため、植物を選択する者がほぼ皆無に等しい、というだけだ。

少なくとも、私は見たことは、ない。

それなのに、そんな不便なものを選んでしまう辺りにレント・ファイナという人物の変わり者な部分が強く出ている、と思ったが、まぁ、それはいいだろう。

問題は、その先だ。

彼は、その身が植物に《分化》しようとしている時点で、その不便さに気づいたのかもしれない。

慌てたような表情をし始めた。

しかし、最初の《分化》というのは非常に重要なもので、一度イメージが固定化すると動かしがたい。

絶対に不可能、とは言わないが、一度何かに《分化》してしまうと、次に《分化》したときに同様のものへと自然と変わってしまうのだ。

これを変更するには多大なる努力と技術が必要になってくるため、初めの《分化》は慎重に行わなければならない。

とはいえ、あまりそのことに意識を向けすぎると今度は《分化》それ自体が失敗する可能性も出てくるので、その辺りのさじ加減は難しい。

だからこそ、最初に師となる人物が自らの《分化》を見せ、ある程度イメージを付けた後に、気負わないで挑戦してもらう、というところで落ち着いている。

そしてその場合、蝙蝠になることが多い、というのは先ほど述べた通りだ。

例外として、たまに他の動物を選択する者もいる、くらいでそれ以上に変わったものに挑戦する者はほぼ皆無だ、というのはそういうことだ。

なのにレント・ファイナは……。

植物へと変わったその部分を、さらに《分化》しようとしている。

いや、そこから何かが飛び出したのだ。

よくよく観察してみると、それは鳥と兎《うさぎ》である。

どちらも黒い影のようで、通常の《分化》の初期状態と同じだが、レントの周りを走り回るにつれ、徐々に細部がはっきりしていって、本物と見紛《みまが》う形になり始めている。

さらに、レントの体からは様々なものが飛び出す。

猪《いのしし》や小型の竜、鼠《ねずみ》なども出てきて……しかも、レントの体自身はうねうねとした、黒に近い深緑色の膨らんだ邪悪な森のような様相を呈し始めていた。

レント自身のもとの大きさの数倍に達していて、その様子は化け物と化したシュミニを想像させる。

そのため、正直言って、これは失敗なのではないか？

一瞬そんな気さえして、私は手を出そうと思った。

しかし、そこらを駆けまわっていた様々な生き物は、しばらくすると何かに呼ばれたようにその森の中へと帰っていく。

そして、動物たちが森の中に戻ると、森はその膨らみを鎮め、徐々に小さくなっていった。

深い緑の色をしていた森は、その色を影の黒へと戻し、そしてその形を人型へと戻していく。

ただ、その人型はまるでその中に様々な動物を飼っているかのように、たまにその輪郭から動物の頭部や足が飛び出そうとしていたが、それも徐々に静まっていった。

そして、黒い人型に、徐々に人間的な色彩が戻り——最後にはレント・ファイナの形へと戻った。

ということは、失敗ではないと言うことで……。

つまり、レント・ファイナは制御しきったのだ。

あれだけ混沌《こんとん》とした何かへと体を変え、しかも初めての《分化》にも拘《かか》わらず、数体、数十体分にその身と視点と意識を分けたのに、全てを元のところへと戻し、そして帰って来た。

これがどれだけ困難なことかは、《分化》を身に付けた吸血鬼《ヴァンパイア》にしか分からないだろう。

稀《まれ》に突出した才能を有する吸血鬼《ヴァンパイア》が初めから複雑な《分化》を制御しきった、という話はないではないが、流石《さすが》にレントにそこまでは期待していなかったので、驚いた私だった。

とはいえ、必ずしもこれが出来るからと言って、実力それ自体が優れているというわけでもないので微妙な技能かもしれないが……。

何と言えばいいのか、魔術や気で言うなら、細かい制御が得意、ということであり、魔力や気の力それ自体が強く巨大、というのとはまた異なる、という感覚だ。

もちろん、だから何だ、という話ではなく、制御力が優れていることは重要であるので、賞賛すべきことだ。

レントの力の大きさについては、これから先どうなっていくのか、未知数であるが、これから先が楽しみであるのは疑いようがない。

しかし、それにしても先ほどの《分化》の特殊性はどう解釈すればいいのか……。

やはり、レントが少なくとも一般的な吸血鬼《ヴァンパイア》ではない、ということからくるものなのだろうか？

けれどそれならリナの方もそうであるべきだが、彼女が行ったのは、あくまでも通常の《分化》

の範疇《はんちゅう》に入る。

では、他に何か理由が？

分からない……。

「……ふう。なんとかなったな。イザーク、どうだった？　ちゃんと出来てたかな、俺」

レントが、私の色々な困惑と葛藤を知らずに、そんなことを尋ねてくる。

これに対する正確な答えを、私は持っていない。

ただ、こと《分化》がちゃんと出来ていたか、という点については、一つしか答えようがないだろう。

「……ええ、出来ていましたよ。ただ、極めて奇妙な《分化》でしたが。普通には出来なかったのですか？」

若干嫌味っぽくなってしまったのは、私の心の中での葛藤が表に少しばかり出てしまったからだ。

そのことについて、責められるいわれは、ない。

◆◇◆◇◆

……なんだか、《分化》が終わってその感想を尋ねたら、イザークに呆《あき》れたような表情をされた。

何かが良くなかったのか、と思ったが、別にそういうわけではないらしく、むしろ、良く出来ていた方だと言う。

ではなぜ、そんな顔をするのか、と尋ねれば、俺が先ほどやったような複数の動物や植物への《分化》というのが極めて珍しいこと、そして初めから全身を《分化》させ、それを制御しきる、ということもまた、かなり珍しいことだからだという話だった。

複数の動植物への《分化》はともかく、《分化》したあとの体の制御については、魔術や気の制御とかなり似ていて、かなり小さな力しか持たないがゆえに細かい制御力ばかり磨いてきた俺にとってはむしろかなり楽なものだった。

それでも視点や意識が分かれていく感覚は何とも言えないものがあったが、いくら分かれた、と言っても結局全てが俺なのだから、意識を統合するのはそこまで大変でもなかった。

なんというかな、全体を統括する大きな意識のもとに、他の全てがまとまるようにしたという感じだろうか。

どうやって、と聞かれるとそういう風にイメージしたとしか言いようがないので他人に理解させるのは難しい、と思ったのだが、ロレーヌは、

「なるほど、たくさんある自分の意識を指揮官と兵士に分けて、全体の判断を指揮官の方に任せたという感じか。確かにそういうことが出来るのなら、いくつ意識が分かれてもバラバラにならずに済みそうだ。ただ、それぞれの兵士が勝手に動き出すようなこともありそうに思えるが……」

とすぐに理解してイザークに尋ねる。

するとイザークは、

「《分化》の制御法としては一般的ですね。他にも色々とありますが、最も容易で効率的でもあり

ます。ただ、おっしゃるように《分化》した体の一部が勝手に動き出すこともあるので、体全体を《分化》する場合には厳しい方法ですが……そこはレントさんは強い意志と制御力で押し切った、ということでしょう。本来、体を二つ三つに《分化》した場合に使う方法ですよ」

と説明した。

つまりあれだな。

部分的な《分化》の制御のときに、まだ人として存在している体の方を指揮官として、《分化》した体を兵士として制御するときに使う方法ということだろう。

全身を《分化》するときにはロレーヌが指摘したような問題があるのでふさわしくはない、と。

でも出来てしまったからなぁ。

「リナさんは今のやり方を真似《まね》しない方がいいですよ。貴女《あなた》はコツコツ基本を身に付けてください。レントさんのように特殊な例は参考になりません」

イザークは懇々とリナにそんなことを言っている。

それに対してリナは、

「わ、分かりました……それにそもそも、マネできるとは思ってないですよ！」

とちょっとショックな台詞《せりふ》を言う。

なんだその人を変態みたいな言い方は。

とか思ったからだ。

……でもまぁ、色々とおかしいのは事実だからな。

骸骨になって吸血鬼《ヴァンパイア》になったと思ったらよく分からない何かだった、みたいな謎な人生ならぬ魔物生を歩いている俺に、俺は普通の人間だ、なんていう資格はなさそうだと自覚している。

ただ、現実的にはリナも魔物だけどね。

仲間だけどね。

とか言ったら泣きそうだからそこまでは言わないでやる。

「ま、ともかくこれでレントもいっぱしの吸血鬼《ヴァンパイア》だな？　もともと相当死ににくかったのが、ほぼ不死身みたいな体になったと考えて良さそうだ」

ロレーヌがそう言った。

もともと耐久力、という意味では《分化》出来ずとも切られても再生し続ける体だったからな。

普通の人間と比べると相当に死ににくい体だったが、《分化》によって仮に腕や頭が消滅するような攻撃を受けても再生できるようになってしまったわけだ。

……どんどん人間から遠ざかってるな。

俺の目的って人間に戻ることじゃなかったっけ？

と思わないでもないが、その方法を見つけるまでは死ににくい方が良いわけだし、ここは割り切るしかないだろう。

「確かに、そう易々《やすやす》と消滅することはなくなったでしょうけれど、あまり油断するのもお勧めしませんよ。先ほど私が申し上げました通り、吸血鬼《ヴァンパイア》に深刻なダメージを与える手段というのはいくつか存在していますから、どんな攻撃でも受けても平気、みたいな感覚でいますと危険です。なりたての吸血鬼《ヴァンパイア》の最も多い消滅原因は、《危機感の消失》に基づくものですから」

イザークがそう言ったので、ロレーヌが首を傾《かし》げて、

「たとえばどのようなことだろうか？」

と尋ねる。

イザークは言う。

「切られても突かれても死なないからと、好き勝手に暴れまわった結果、早いうちに聖術使いに目をつけられて逃げることも出来ずに消滅、というのが多いでしょうか。聖気宿る武具で攻撃されても即座に消滅するということはないのですが、通常の武具で攻撃されるより遥《はる》かに削られているのが肌で分かりますから、焦りや混乱が強くなり、さしたる抵抗も出来ずに終わってしまうのです。吸血鬼《ヴァンパイア》として悲惨な消滅のし方のうち、上から数えた方が早いものですね」

……冒険者でも似たようなことはあるしな。

たとえば、クラスが上がった直後の冒険者が、強くなったと勘違いして迷宮の深すぎるところに潜り、そして死んでしまったりとか。

その辺りの感覚というか、事情は吸血鬼《ヴァンパイア》も人も変わらないと言うことだろう。

しかし、悲惨な消滅のし方のうち、上から数えた方が早い、ということはもっと悲惨なものもあるということか。

まぁ、ほとんど不死身なわけだし、色々と苦しめ方はあるだろうからな。

そういうことを考えると……色々ありそうだ。

考えるのはやめよう。

嫌すぎる。

「とにもかくにも、《分化》が出来るようになったからって余裕でいるのは間違いってわけだ……気を付けることにしよう」

俺がしみじみとそう呟《つぶや》くと、イザークも頷《うなず》いて、

「ええ、それがいいでしょう。それが長生きのコツです。さて、《分化》についてはこれでいいでしょうが、他にも吸血鬼《ヴァンパイア》の技能はあります。このまま教えたいところですが、まず《分化》について完璧に身に付けてからにした方がいいので、また今度、ということにしましょう」

そう言ったので、俺は首を傾げる。

教わるならまとめて教わった方がいいような気がするからだ。

するとイザークは、

「気持ちは分かりますが、《分化》がある程度しっかりと出来ていることを前提とする技術もいくつかありますので。それ以外のものにしても、一気に一夜漬けのように叩《たた》き込むと、かえって疎《おろそ》かになってしまうでしょうから。リナさんの場合は、単純に今日はこれ以上は無理そうだ、というのもありますからね」

そう言った。

確かにいずれも頷ける理由である。

ここは残念だが、またの機会にということにしておくのがいいだろう。

俺もそれなりに《分化》は出来たとはいえ、完璧とは言い難いからな。

イザークが言うには、慣れさえすれば、大した集中をしなくても出来るようになるのだと言うし。

そうでなければ戦闘に使うのは厳しいだろうからな。

しばらくは、リナと一緒に訓練、ということになるだろう。

第四章　塔と学院

次の日。

俺とロレーヌ、それからリナは馬車乗り場に来ていた。

以前来た時と同様に様々な《馬》がいて、見ていて面白い。

ただ、以前と異なる部分もある。

それは……。

「……やはり、今のマルトは必要なものが多いからでしょうか。馬車の数がすごく多いですね……」

リナがそう言った。

そう。

以前来た時はまばら、とまではいわないまでも、結構な余裕のあった馬車乗り場であるが、今はかなり混み合っている。

ありとあらゆるところから積み荷を運んできているのだろう。

その理由はリナの言う通り、マルトは今かなり必要なものが多い状況にあるからだ。

迷宮が出現した際に破壊された建物や道を修理しなければならないため、その建材なんかがまず必要になるし、マルトの人間だけで修復するには人手が足りないのでその人手自体も必要になる。

それに伴って新たに増えた人々のための食料や衣服など、衣食住に必要なものの需要も増加しているのだ。

もともと辺境都市であるから、特殊なものや嗜好品《しこうひん》はともかくとして、生活必需品の類はほとんど自給自足に近い形でやってきたマルトだが、今回ばかりは各地からの輸入に頼るしかなく、そのために人、もの問わず流通が激しくなっているのだった。

リナに続けてロレーヌが、

「……迷宮に用のある冒険者たちも増えてきているようだな。研究者にもよく行き合うようになった。流石《さすが》に帝国から来るようなのは少ないが、王都の知人には何人か会ったよ。やはり出来立ての迷宮というのは珍しいからな。本格的な調査に入るのはほとんど《塔》や《学院》の人間だろうとはいえ、観光がてら見に来ているようだ」

ロレーヌは帝国を捨ててマルトなんかに十年も籠もり続ける偏屈な学者だとはいえ、知り合いがどこにも全然いない、というわけではない。

むしろ、大体においてズボラな割に、手紙なんかはせっせと書くようなところがある。

さらにメモ書きは暗号か？　と聞きたくなるくらいに読めない字で書く癖に、手紙の字は女性的な美しい文字を書く。

そんな彼女には、ヤーランの学者にもそれなりに知人がいて、王都にたまに行くのはそういった知り合いと情報交換やら議論やらをするためというのもあるようだ。

しかし、そうはいっても比較的変わり者に分類されるロレーヌの知り合いである。

その知り合い自身も変わっている、というか、中央学界から外れているようなタイプが多いらしい。

《塔》や《学院》と言ったら、ヤーランにおける研究の中心であり、どのような調査や研究でも彼らがまず最初に手を付けるものだ。

たとえば、今回の迷宮のような珍しいものがあれば、《塔》や《学院》の研究者が有力な冒険者たちを残らず雇い、入って十分に調査するため、立ち入り自体が難しかったりする。

ロレーヌのように学者も冒険者も兼任しているタイプなどほとんどいないのだ。

なぜといって、どちらも道の険しい商売だからな。

どちらか一つに絞っても一流になれるかどうかなど分からないのに、両方やって十分な成果など、普通は出せない。

ロレーヌは特殊な例なのだ。

だからこそ、観光がてら見に来た、という話になるのだろう。

あわよくば中に入って調査したいが、認められる可能性は少ない、と。

まぁ、それでも来る辺り、研究馬鹿みたいな人間が多いのだろう。

ロレーヌと気が合うのも理解できる。

「《塔》は分かりませんけど、《学院》の生徒はやな感じの人が少なくないですから、苦手です……」

ロレーヌの言葉に、リナがげんなりした表情でそう言う。

俺が首を傾《かし》げて、

「なんだ、リナは《学院》の生徒に会ったことがあるのか?」

そう尋ねると、リナは言った。

「私、実家が実家なので、歳《とし》が近い知り合いの中に《学院》に行った子がいるんです。その子は友達で、優しい子なんですけど、同級生がかなりひどい感じの人が少なくなくて……」

なるほど、元々王都の人間だもんな、リナは。

それに実家は……兄がイドレス・ローグという将来有望な騎士だ。

爵位なんかはどのあたりかはさっぱりだが、間違いなく貴族の家だ。

《学院》に行くには金をもっているか才能があるかの二択しかないわけで、その構成員の大半は貴族や商人の子供などの金持ちになるため、リナの言うような歪《ゆが》んだタイプも少なからずいるだろう。

みんながみんなダメだってことはないけどな。

むしろヤーランの貴族は国自体が田舎であり、かつ主要な宗教が東天教である関係もあって寛容な人物が多い。

ただ、若い時というのは誰にだってあるもので、《学院》に入る者たちの平均的な年齢からすると、ちょうど思春期反抗期が重なって、自尊心が肥大化していることも少なくないだろう。

卒業するくらいには丸くなっているのではないか、と推測するが、行ったことはないからな。

実際はよく分からないところだ。

一度くらい見学してみたいものだが、低級冒険者の俺にそんな許可が下りるわけないな……残念だ。

「ひどい感じ、とはたとえばどのような？」

ロレーヌがリナに尋ねると、リナは、

「私は以前、王都で冒険者として活動していたというお話はしたと思いますが、その際に、その友達と会っちゃったんですよね。出来るだけ知り合いに会わないように気を付けていたんですけど、絶対に、というのは難しくて……」

「まぁ、同じ街で生活していれば気を付けていても知り合いに出くわしてしまうのは仕方がないだろうな」

ロレーヌが相槌《あいづち》を打ち、リナは頷《うなず》いた。

「そうですね。ただ、それだけなら良かったんですが、私、そのときかなりボロボロというか……まぁ、酷《ひど》い格好で」

「俺と最初に会ったときみたいな感じか？　駆け出し冒険者は、仕方ない部分はあるよな……」

リナも女の子だから、服の汚れはちゃんと落として、また体も拭いたりなど最低限の身だしなみは整えていたようで、当時そこまでひどい、という感じではなかったが、身につけているものの使い古し具合は中々のものがあった。

ただ、俺は底辺冒険者はもっとひどいことを知っている。

それこそ近くを通るとひどく酸っぱいにおいがする冒険者とか、たまにいるからな……服がぼろかろうが何だろうが、小奇麗にしているだけマシだ。

もしかしたらそういう奴《やつ》はただズボラなだけかもしれないが。

とはいえ、王都で生活している貴族などで、かつ《学院》に通えるような身分の人間からすると、違うのだろう。

リナは続ける。

◆◇◆◇◆

「当たり前と言えば当たり前ですけど、そんな私を見た友人はとても心配してくれまして……」

ついこないだまで一緒に小奇麗なカフェでお茶を楽しんでいた友人が、ある日突然、ものすごくボロボロの格好で街中を彷徨《さまよ》っているのを見たら……。

それは当然、心配するだろう。

もちろん、それがちゃんと友人である場合に限るだろうが。

嫌いな奴がそんな感じだったら、俺であればほくそ笑む。

ざまあみろ、と。

……性格悪すぎるか？

まぁでも仕方ないよな。

そこまで嫌いな奴というのはそんなにいないけれど。

リナの言葉にロレーヌが尋ねる。

「……心配してくれたのだったら、別にいいのではないか？　事情を説明して……まぁ、多少は気まずいだろうが、別れればそれでいい」

確かに、そんな風にもう住む世界が違うのだからと、適度なところで話を切って疎遠になる、というのが良くある話だな。

冒険者になる、というのは往々にしてそういうことだ。

リナのように貴族から冒険者に、なんてなると余計にな。

俺のように村人から冒険者に、という場合は逆な感じになることも少なくない。

魔力や気を使えて、それなりに戦えて魔物を倒してまぁまぁな収入を得られるようになると、ただ村人をやっているよりはずっと高収入になるからな。

俺はもうお前らとは住む世界が違うんだぜ、と増長する奴も少なくない。

ただ、それは長い人生を考えるといろんな意味でよくないんだよな……。

なぜと言って、冒険者は死ぬまで続けられる職業ではないからだ。

俺はよく、死ぬまで一生冒険者を続けてやる！　とか心の中で思ったりして自分を奮い立たせたりしているが、真面目に将来のことを考えると、そうは言えないものだ。

なにせ、冒険者は常に死と隣り合わせ。

危険の度合いは半端ではない。

いや、死ぬならいっそ、その方がいいだろう。

問題は、死なないで済んでしまった場合だ。

つまりは、魔物と戦うなりなんなりして、片腕や片足を失う、とかそういう怪我《けが》をした場合である。

別に絶対治せないわけではない。

宗教団体の高位聖人なら治療することは可能だ。

ただし、そのためには多大なる寄進が必要であり、小金を稼げるようになった冒険者程度がどうにか出来るような額ではない、というだけだ。

それに、あまり長い間放っておくと身体欠損の状態が《固定化》してしまうとも言われている。

それでも治せる聖人もいるようだが、そこまでいくと寄進の額ももう本当にどうにもならなくなるからな……まぁ、そうなると普通の冒険者程度では逆立ちしたって無理というわけだ。

そしてそうなった冒険者……いや、元冒険者が行きつく先は、いくつかに絞られる。

そのうちで最も穏便なのが、故郷の村に帰る、という選択肢だ。

けれどこれを選べるのはあくまでもその村とそれなりにいい関係であった場合だけだからな。

それでも居心地が悪かったりする場合も少なくないのだから、冒険者時代に俺はすげぇんだぜ、みたいな態度でいた奴が戻れるわけがない。

だからこそ、あんまり傲慢になってはいけないのである。

この辺りについては冒険者組合《ギルド》でもなりたての冒険者には説明していることだが、大体みんな、冒険者になった喜びで何も聞いてないからな……。

ただ、マルトはマシな方だが。

結構故郷に戻る冒険者の数が多いのは、マルト冒険者組合《ギルド》の特色の一つだからな。

おっと、大幅に話がずれたが、リナが続ける。

「私もそうしようと思ったんですけど……結構その子、お節介な性格で……『ちょっと、ちゃんとご飯食べてるの!? その服、ほつれているところ直しましょうか!? あぁ、それよりもまずは、宿は大丈夫なの!?』みたいなことを畳みかけるように……」

別に迷惑そうではなく、少し嬉《うれ》しそうに言っていることから、ありがたいと思っていたのだろう。

ロレーヌはそれに頷きながら言う。

「……なるほど。まるで母親のようだが、いい友人だな」

「ええ。だから、彼女に会ったことは、少し気まずかったですけど、良かったんです。でもそういうやり取りをしていたら、道の向こうから《学院》の生徒が二、三人やってきてですね……」

ため息を吐《つ》きながら言ったリナに、俺は、

「……話は読めたぞ。盛大に馬鹿にされたんだな?」

それ以外にないだろう。

よくあることだ。

似たような状況で馬鹿にされたことなんて俺には枚挙にいとまがない位だしな。

やれ、もう冒険者なんて諦めろだの、実力ないのにデカい顔すんなだの、もう聞いてるだけで疲れることを言われる。

別に俺の方から近づいていっているわけでもないのに、そういう奴は大抵自ら近寄ってきて好きなことを言うのだ。

かといって、こっちから何か言い返せば、そんなことを言われると思わなかった、みたいな心外そうなアホ面を晒《さら》した後、鈍く動いた頭で話の内容を理解して顔を真っ赤にして怒り出したりする。

ああいう奴らってどうにかならんもんか、とたまに思うが、生まれつきの性格とそれを直そうとしなかった周囲と本人のどうしようもなさが行動のあらゆるところから見えるので、諦めるしかないのだろう。

たまに反省する奴もいるにはいるんだけどな。そういう奴は、少数派だ。

リナは俺の言葉に頷き、

「ええ。私のみすぼらしさから叩《たた》き始めて、そんなのと付き合っている貴女《あなた》も同類ね、みたいなことを友人にしばらく言いつづけました。あれだけ喋《しゃべ》って口が疲れないのかと感心したくらいです」

「……妙なところに感心するなよ」

俺がそう言うとロレーヌが、

「《学院》の生徒なのだろう？　おそらく授業でよく議論などするのではないか。やはり主張をぶつけ合う訓練をすると、舌が良く回るようになるからな……」

と妙な解説を入れる。

少しだけなるほど、と思わないでもなかったが、問題はそこではない。

「反論しなかったのか？」

言われっぱなしというのは精神的に辛《つら》いだろう、と思って俺がそう尋ねると、リナは、

「時間の無駄ですからね。ただ、友人の方は結構言い返してくれましたよ。最後には寄って来た《学院》の生徒の方が敗北していました。友人は《学院》でも成績がかなり良いようで、その辺りを言われるともう黙り込むしかなかったようでした」

「ほう。向学心の高い者の方が勝ったわけだな。なるほどそれは素晴らしい」

ロレーヌが再度、よく分からないところで感心していた。

話を聞くに、リナの友人はリナのようなほわっとした性格ではなく、結構気が強いタイプのようだ。

しかし……。

「そんなことがあったなら、《学院》の人間が嫌いなのは納得だな」

◆◇◆◇◆

「とはいえ、今日は別に《塔》や《学院》の人間を出迎えに来たわけでもないしな。あまり気にする必要もあるまい」

ロレーヌがそう言った通り、今日は別に王都から来る人々のお出迎え、というわけではない。

一応俺は冒険者組合《ギルド》の職員になっているわけだし、ウルフからいずれそんなことを頼まれることがありえないとは言い切れないにしても、今日はそうではないのだ。

ではなぜ、わざわざ馬車乗り場などに来ているかと言えば、その答えは自明である。

「……おや？　レントさんたちではないですか。まさか本当に見送りに来てくださったんですか？意外過ぎてびっくりですよ」

後ろの方から俺たちにそう声をかけてきたのは、言わずと知れた吸血鬼狩り《ヴァンパイア・ハンター》、ニヴ・マリスであった。

つまり俺たちは、昨日ニヴから明日、マルトを発《た》つ、という話を聞いていたので、色々と悩ましいところはあったが、一応見送りに来たというわけだ。

彼女がマルトにいるお陰でかなり緊張感のある日々を送る羽目になったが、同時に色々な知識を得られたし、命拾いした部分も多くある。

特に今回の吸血鬼《ヴァンパイア》騒動はニヴがいなければ色々と厳しかったのは間違いない。

最後にはラウラやイザークが片づけたのかもしれないが、そうなると俺たちは俺たちだけで、下級とはいえ、延々再生し続ける吸血鬼《ヴァンパイア》と相対する羽目になっただろうからな。

いずれ再生が出来なくなるとか、吸血鬼《ヴァンパイア》になりたてだとスタミナに問題が、とかそういうことを詳しく知らないマルトの冒険者だけで彼らに当たれば、別の結果になった可能性は高い。

そして、あの少年少女の吸血鬼《ヴァンパイア》たちをあそこで仕留められていなければ、シュミニの計画ももっと円滑に進んでしまっていたかもしれない。

そうなっていたら、都市マルトは迷宮に沈んでいた可能性すらある。

ニヴの存在は少なくともマルトにとって、良いものだった、と言って間違いないだろう。

だからこそ、彼女のことは見送るべきだろうな、と思った。

個人的にはやきもきさせられたけど、それはそれだ。

そもそも、概《おおむ》ね彼女の勘は当たっているわけだし。

まぁ、俺やリナが一般的な吸血鬼《ヴァンパイア》そのものかと聞かれると違うようだが。

「別に見送りに来たっていいだろ？　見送りに来ていいとか言ってたよな？」

俺がそうニヴに言うと、彼女は頷きつつも、

「……まぁ、そうなのですけど、私はレントさんには好かれていない自信がありますからね。わざわざ来るとは予想外で……もしかして私に惚《ほ》れたりとかしましたか？」

「ないな」

「即答せずとも……」

俺の答えに本気なのか冗談なのかがっかりしたような表情をするニヴだが、本当にがっかりしているわけもないだろう。

恋愛どうこうとかそういうものから遥《はる》か離れた位置にいる性格をしているのだ。

「……ま、しかしこうして来てくれたのです。ありがとうございますと言っておきましょう。ミュリアス様くらいしか来てくれないと思っていましたからね」

そう言ったニヴの横には、ロベリア教の聖女、ミュリアス・ライザがいた。

相変わらず美しい銀髪を持った聖女にふさわしい外見の女性だが、しかしその顔には若干の疲れが浮かんでいる。

ここのところ、ロベリア教に限らず宗教団体の神官や僧侶たちは皆、忙しそうだったからな。

マルトの人々の慰撫《いぶ》やら治癒やら説教やら励ましやらとやることにキリがなさそうで。

今でもまだ、仕事は山積していることだろうが、こうしてニヴの見送りにやってきたということは、それなりに親愛の情でも感じているのだろうか？

そう思って見ると、ミュリアスは、

「私の場合は大教父庁から与えられた義務です。そもそも見送りに来たのではなくて、私もついていくんですよ！」

と少しキレ気味に叫んだ。

その姿はとてもではないが、清らかさと静謐《せいひつ》さを湛《たた》えるべき聖女のとる態度ではないが、特に違和感を感じないのは、これこそがミュリアスの地であるから、なのかもしれなかった。

ニヴはそんなミュリアスに、

「無理していらっしゃらなくても結構なんですよ？　そもそもあからさまな監視ではないですか。なぜ、善良な冒険者である私が、ロベリア教の聖女様に監視されなければならないのです？」

「……それは、私にもよく分かりません。とにかく、命令なのです。ですから、諦めてください。貴女もロベリア教から異端視されたくはないでしょう？」

「……やれやれ。好きにしてください……ついでにレントさんも来ますか？　吸血鬼狩り《ヴァンパイア・ハント》の旅は中々に刺激的で楽しいですよ？」

二人で何やら妙なやり取りをした後、ニヴが俺にそう尋ねる。

吸血鬼狩り《ヴァンパイア・ハント》の旅ね……確かに刺激的ではあるだろうが、危険も恐ろしいほど高いだろう。

シュミニみたいなのを狙って世界中を旅してまわる、なんて自殺場所を探して放浪するに近いところがある。

いずれは一人でもあれくらいの魔物を倒せるようになるべきだろうが、まだまだだな……。

ニヴがいればある程度安心してもいいのかもしれないが、外部からの魔物の襲撃とかならともかく、いつ寝首を掻《か》かれるかという普通なら考える必要のない危険が俺には伴うからな。

却下だ。

だから、俺は首を横に振る。

「遠慮しておくよ。ま、俺もずっとマルトにいようってわけでもないからな。いつかまた会えるときも来るだろう」

……出来るだけ会いたくないけどな。

という部分は飲み込んだが、ニヴには伝わっているようだ。

「きっと運命が私たちをもう一度、巡り合わせてくれることでしょう。その日のことを楽しみにしていますね……おや？」

あまり嬉しくない言葉を言った後、ニヴはふと、たった今、馬車乗り場に向かって外から入って来た馬車の一団に目をやった。

そこには十台ほどからなる馬車の列があり、いずれの馬車も同様の意匠で統一されている。

かなり高価かつ丈夫な作りであることは明らかで、引いている《馬》も同様のものばかりだ。

「……ふむ、とうとう来たか。あれは《学院》の馬車だな……」

ロレーヌがそう呟《つぶや》くと、ニヴも頷く。

「ええ、そうですね。《塔》もそのうち来るはずでしょうが……あちらの方が機材が多いでしょうし、その分日数がかかっているのでしょう」

研究機関としての色合いは《塔》の方が濃く、《学院》は基本的には教育機関だからな。

専門的な機材やらについては《塔》の方がたくさん持って来るのだろう。

精密な魔道具はどうしたって巨大かつ壊れやすく、いくつかの部品に分解したとしても運搬には時間がかかる。

したがって、どちらも王都から同じくらいの時期に発ったのだろうが《学院》の方がマルトに早く着いた、というところだろう。

「しかし、それにしても数が多い。物々しいですね。これはまた、一波乱ありそうな雰囲気がします……うーむ、残っていたら面白そうですが……吸血鬼《ヴァンパイア》はもういませんし……」

《学院》の馬車の一団を見ながら、ニヴが不吉な台詞《せりふ》を呟くので、なんだかこれから先のマルトが不安になって来た俺だった。

◆◇◆◇◆

「ま、そのうちレントさんと私は出会う運命にあるわけですし、これからここで起こるだろう波乱については、そのときにでもお聞きすることにしましょう。そろそろ馬車の出る時刻ですし、私はこれで失礼しますね」

そんな運命は勘弁願いたいところだが、ニヴの勘は馬鹿には出来ない。

よくよく注意しておかなければと心の底から思う。

そして、ニヴの視線の方向を見れば、少し離れた位置にある馬車の前でイライラした表情でこちらを見つめている一人の男が目に入る。

ニヴはそちらを見ながらそう言ったので、おそらくあの馬車がこれから彼女たちの乗る馬車であり、そしてあそこにいる男は御者か何かなのだろう。

男はミュリアスに対しては敬意の籠もった視線を向けていることから、ロベリア教関係者なのだと言うことがなんとなく理解できる。

馬車もよくよく見てみればロベリア教の紋章が刻んである。

そこまで高価そうな馬車ではないが、普通の馬車よりはかなり上等なものだな。

俺には逆立ちしたって買えそうもない。

魔法の袋で散財したから、財布の紐《ひも》はしばらくはきつくしめておかなければならないのだ。

それでも昔に比べれば遥かに余裕があるのだが、いつ物入りになるか分からないしな……。

格の高い魔物と戦おうとすればするほど、冒険者の出費というのは大きくなるものだ。

名を挙げるつもりなら、それなりに貯金はなければ。

それでも宵越しの金は持たない、という豪快な冒険者は少なくないけどな。

それにそっちの方がかっこよくはある。

……俺もそっちの生き方を目指してみようかな？

と一瞬思うも、それをするには自分の性格がせせこましすぎることは自覚しているのですぐに心の中で却下した。

「結構あっさりしたもんだが……確かにまた会いそうな気はするからな。せいぜいそれまで元気でいてくれ」

本音は寝首を掻けるくらいには傷ついていていてほしい。

が、そんなことは言えない。

「ふむ？　これは至って普通の台詞……レントさんらしくない気もしますが、社交辞令という奴ですか。ご心配なさらず。私に元気でないときがあるとしたら、それはこの世から吸血鬼《ヴァンパイア》が消滅したそのときくらいなものですよ」

「……そうか」

それはつまり俺の命が絶たれるそのときまでありえない、というように聞こえてくるが……いやいや、俺は吸血鬼《ヴァンパイア》っぽい何かであって吸血鬼《ヴァンパイア》ではないのだ、と心の中で思って引きつった笑いを浮かべておいた。

それから、ニヴとミュリアスは、手を振りながら馬車の方まで歩いていき、そして都市マルトで起こした嵐を感じさせない静かな様子で去っていったのだった。

「……いやはや、これで一安心、というところか？」

ロレーヌが遠ざかった馬車を見つめながら、ふっとそう呟く。

「どうだかな……ニヴの予言によるとこれからここでもう一波乱あるらしいぞ」

「残念なことに、その見解は必ずしも間違いではないだろう。《塔》と《学院》、それに《迷宮》が一つ所に集まっているわけだからな。さらに大勢の人が流入しているこの状況で、何も起きないわけがない。しかし、レント、お前とリナが吸血鬼《ヴァンパイア》だと疑われて怯《おび》える日々は一旦、過ぎ去ったと思ってもいいのではないか?」

「だといいんだけど……どこにでも勘のいいやつがいるってのは今回のことでよく分かったからな。これからも油断できないのは同じだ」

ニヴの場合、勘を経験と論理的推測で補強しているのが余計質《たち》が悪かったので、あれ以上の奴は中々現れないだろうと思うが、用心しておくに限る。

「油断できないのは分かりますけど、具体的にどうしたらいいんですか? 私、こんな経験ないから、どうしたらいいものか……」

リナが悩ましそうな表情でそう言った。

確かに言われてみるとそうだな。

俺は不死者《アンデッド》になってしばらく生活してきたから、どの辺が怪しまれるポイントかなんとなく理解しつつあるが、リナはまだ不死者《アンデッド》としての経験が浅いのだ。

この辺りについては俺が教えていかなければならないだろう。

難しいことは大してないが。

俺は言う。

「そうだな。まずは、真夜中は出歩かないことだ」

これは当然だろう。

夜中に俺たちみたいなのがうろうろしていると怪しい。

そしてニヴみたいなのがいると目をつけてくる。

これにはリナも納得したようで、

「ふむふむ。確かにそうですね。他には？」

「後は……出来るだけ感じ良く過ごすことだ。やっぱり不死者《アンデッド》って言ったら陰気臭いものだって感覚があるからな。隣近所には毎朝さわやかに挨拶するといい」

これは俺がロレーヌの家に居候するにあたって実践していることだ。

と言っても、深く関わっているわけではなく、朝、たまったゴミなんかを焼却しているときとかどうしても近所の人と出くわすのでそういうときの話だ。

後は市場での買い物とかでのおばさんとかとのやりとりとかな。

「ははぁ……そうですね。挨拶は人間の基本ですもんね！」

「その通り。他には……」

そうしていくつかの不死者《アンデッド》心得をリナに叩き込み終わると、横で聞いていたロレーヌが微妙な表情で、

「……なんだか初めて外泊する子供に教える注意事項のようだな……」

と呟いた。

いやいや、そんなことは……。

そんなことは、ないよな？

そう思ってリナの顔を見るも、リナはどこかから取り出したメモ帳（ロレーヌが作り、リナに与えた魔道具である。買えばそこそこ高価だ）を取り出してそこに俺の注意事項を書きつけていた。

書いてある内容を覗《のぞ》いてみると、
・よるは、であるかない！
・あいさつは、だいじ！
・ごきんじょさんとは、なかよく！　etc……
と可愛《かわい》らしい文字で記載してあった。

……うーん。

まぁ。

確かに、子供への注意みたいと言えなくも……。

そう思ってすっとリナから離れ、ロレーヌを見ると、笑っている。

なんだよ、と思うも、まぁ、立場が正反対なら笑っていただろうし、仕方あるまい。

「でも、間違ってはいないだろ？」

一応、確認のためにそう尋ねてみると、ロレーヌは頷いて、

「確かにな。実際、ご近所の一般人の皆さんにはお前はヴィヴィエ家の気のいい居候として認識さ

れているようだぞ」

そう答えた。

……怪しまれていないのはいいことだが、気のいい居候って不死者《アンデッド》の沽券《こけん》にかかわりそうだ。

ま、いいんだけどな……。

そこまで考えたときである。

「おい、貴様!!　どうしてくれる!?」

そんな怒号が、馬車乗り場に響き渡ったのは。

◆◇◆◇◆

「なんだ？　何かあったのか？」

ロレーヌがそう言って大きな声が聞こえた方角を振り返ったので、俺とリナもそちらに視線を合わせる。

するとそこには、高価そうなローブを身に纏《まと》った少年と、行商人と思《おぼ》しき中年男が向かい合っていた。

「……子供か？」

俺がそう呟くと、ロレーヌが頷き、

「そのようだな。十歳前後と言ったところか？　その割には随分と尊大なようだが……おっと、あ

のローブは見たことがあるな。リナもあるだろう？」

そう言ってリナの方を見た。

リナはそれに首を縦に振って、

「……《学院》の制服です。たぶん、さっきの馬車に乗って来たんじゃないでしょうか」

そう答えた。

微妙な表情なのは嫌な《学院》生徒たちを思い出したから、ということか。

しかしなるほど、学院の制服か……。

俺は初めて見たな。

田舎者にそうそう見る機会があるものではないから当然と言えば当然である。

もしかしたらこないだ王都に行ったときに目に入ったかもしれないが、あんまり記憶にはないな。

自分が変な格好をしていたから他人が気にならなかったと言うのもあるかもしれないが。

しかしそれにしても……。

「いい制服だな？」

単純に高価そうな非常に品のいい仕立てであるのはもちろんだが、それ以上に俺は冒険者として
そう思った。

これにはロレーヌも同感のようで、

「そうだな。素材は……錬金術で強化された魔羊布に、虹蚕の糸で陣をいくつか描いているな。魔力の流れを見るに……ふむ、単純な強度強化と魔術的防御力の増加といったところか。シンプルだ

が使いやすい品のようだ。《学院》の学生であるのならば魔術の練習やら錬金術での薬品の扱いやらで失敗することもあるだろし、ああいった幅広く対応できる加工がベストだろう。良い魔道具職人の仕事だ」

そう語る。

よくこれだけ離れててパッと見でそこまで見抜けるものだと思うが、錬金術はロレーヌの専門だからな。

ちなみに俺にはなんとなく魔力が感じられるだけだ。

ロレーヌのように魔力の流れが見えたり、魔法陣の構成やらなにやらが分かるわけではない。

だが、それでも分かることは結構ある。

たとえば、魔術を放っても通りにくそうだなぁ、とか、ただの布のように武器は刺さらないだろうなぁ、とかそういうことだ。

だからいい制服だな、と言ったわけだ。

しかし……。

「……いくらくらいするんだ?」

「ん? そうだな……まぁ、あれくらいなら、金貨五十枚あればなんとかなるのではないか? 同じだけの防御力が欲しいなら普通に鎧《よろい》でも買った方が安いな」

「金貨ごじゅうまい……」

ロレーヌが軽く言った価格にリナが口をあんぐりとあける。

それは当然だ。

なにせ結構な金額であるからな。

安宿なら二年くらい宿泊できそうなくらいだ。

今の俺にならば支払うことも出来るが、それでも買おうと言う気にはならない……。

まぁ、単純に今着ているローブが極めて高性能だから買う必要がないと分かっていると言うのが大きいけどな。

これが無かったら買うかもしれない。

街中を歩くのに一々鎧を着脱するのも面倒だからな……その点ローブは楽でいい。軽いし。

問題があるとすれば俺があれを買って着たら《学院》生を騙《かた》った不届き者になってしまうということだろうか。

酒場に行くと騎士でもないのに騎士の格好をしていたり、シスターでもないのにシスターの格好をした若い女というのは結構いるが、それに近いことになってしまうだろう。

ちなみに、どちらも露出度は高めになっていたりする。まぁ、お遊びだ。

場合によっては本物の騎士やシスターがやってきて摘発したりするので、その辺りのさじ加減は酒場の主次第だな……。

話が逸《そ》れた。

「それで、騒ぎの方は……と」

再度、少年と行商人風の男の方を注視すると、

「お前、ローブをどうしてくれる!?」

少年が、中年男にそう言っていた。

男の方は困っている様子、というか、若干呆《あき》れたような表情で、

「……どうしてくれるも何も、あたしはただちょっとぶつかっただけでしょう。それについても謝りましたし……まさか少し汚れたから弁償しろとでも？」

「汚れたから、じゃない。壊れたから弁償しろというんだ。お前は知らないだろうが、これは《学院》の制服だぞ！　高度な魔術的加工が施された逸品だ。それをお前が……」

「高度な魔術的加工？　そんなもの、ちょっとぶつかったくらいで壊れるはずがないでしょうが。不良品なんじゃないですかね？」

「この……!!」

二人そろってどんどんとヒートアップし、言い争いはギャラリーを集め始めている。

都市マルトは比較的平和な街とはいえ、住人同士の小競り合いは日常茶飯事だからな。

冒険者たちも他の街のそれと比べればお行儀はいい方だが、それにしたってその根っこは荒くれ者である。

毎日マルトのどこかで言い争いやそこから発展した喧嘩《けんか》は普通に行われている。

そしてそういうときは周囲を観客が囲み、煽《あお》ったり賭けを始めたりするわけで……。

今まさに、少年と中年男の争いがそんな見世物になりそうな様相を呈し始めていた。

しかし。

「ちょっと！　ここ、通して！」

そんな声と共に、集まり始めた観客、彼らを押しのけて、その中心に一人の少女が現れた。

彼女は、少年と同じく、金貨五十枚（ロレーヌ見立て）のローブを身に纏っていて、《学院》の生徒であることが分かる。

つまり、少年の味方をするためにやってきたのか……？

《学院》生は当たり前だが、その多くが魔術を使える者たちである。

使えなくても入学は出来るのだが、やはり使えた方が入りやすいし、高額な学費を払えるだけの家の子供というのは家系的に魔術の素養を持った子供が生まれやすいためだ。

したがって、《学院》生が二人いる、という状況は結構危険だ。

それはつまり、相手の男にとって、である。

魔術師の危険性は、言うに及ばないだろう。

少し呪文を唱えれば相手を火だるまに出来る人間だからな。

誰かが介入しなければまずいかもしれない……。

そう周囲も思い始めた。

けれど、現れた少女は、

「ちょっとノエル……ノエル・クルージュ！　あなた、一般人に喧嘩を売るのはやめなさい！

《学院》の品位を損なうわよ!?」

少年に向かって、そう言い始めた。

◆◇◆◇◆

少年を糾弾する少女の方は、尊大そうな少年と比べてかなりお堅そうというか、真面目な雰囲気が全体から感じられた。

それでもローブ以外に身につけているもの……耳に揺れるイヤリングとか、ちらりと覗く手首に嵌《はま》った細身の腕輪とかを見ると結構なお嬢様だな、という感じもする。

「いやはや、金銭的に豊かだといいものが身につけられていいな。魔力増幅のイヤリングに、魔法防御力を上昇させる腕輪……しかも効果だけではない見事な細工だ。貴族かな？」

ロレーヌがちらりと見ただけでそう言い切った。

冒険者ならばコツコツお金をためて少しずついいものに変えていく装備品であるが、貴族にそんなみみっちいことする理由なんてないからな。

最初からいいものを身につけているのが普通だ。

とはいっても、身につけるだけでもある程度の実力が必要なものも多いから、装飾の方で頑張っている方が多いけどな。

力の無い剣士に重く威力のある大剣を持たせても仕方がないし、魔術の拙い魔術師見習いに強力な魔力増幅効果を持つ品を持たせても暴走させて死ぬだけだ。

そこからすると、少女の方はそこそこの実力はあるのだろうなと思われる。

あんまり魔力に影響するようなものをたくさん身につけると、装備品同士が干渉しあって酷いことになったりすることも少なくない。

ローブ、イヤリング、腕輪、の三つくらいなら、それを起こさないで済ませられる程度の力はある、ということだろう。

ロレーヌ？

ロレーヌは以前、両手両足の全ての指に魔道具の指輪をつけ、イヤリングを片耳に五つずつぐらいして、十枚くらいローブを重ね着し、頭に帽子を五段くらい重ねてたことがあった。

そのまま魔術を使って大爆発を起こしていたな……。

要は大失敗ということだが、しかし、数十秒だが制御していたのも事実だ。

ちょっと常識では考えられない制御力ではあるが、実戦で使えるかというとちょっとな。

非常に限定されたタイミングで、というのなら考えられなくはないが。

まぁ、そんなクレイジー学者と真面目少女を比べるのはいろんな意味で可哀想《かわいそう》である。

「《学院》に通えるような奴は多くが貴族なんだし、あれくらいのものは持っててておかしくはないな……しかし……ん？　リナ。どうかしたのか？」

観客よろしくロレーヌと話している中、さっきまで一緒に話していたリナが一言も発しないことに違和感を感じて俺は横を見る。

するとそこには、あっけにとられたような表情で少年と少女の方を凝視するリナの姿があった。

かなり珍しい様子だ。

なにせ、リナと言えば骨ってた俺を見てもすぐに慣れて一緒に街に侵入する計画を練るような度胸の持ち主だからな。

そう簡単に驚いたりはしない。

もともとリアクションは俺やロレーヌと比べて激しい方だから、いつも驚いているような印象もないではないが、心の底からびっくりしている、ということはあまり見たことがない。

けれど今は違う。

今、リナは確かに心底驚いているようだった。

何があったのだろう。

リナは俺の言葉にはっとしたような表情で、しかし視線を少年と少女からずらさないまま、口を開いた。

「あの子……女の子の方！　さっきお話しした、私の友人です！」

◆◇◆◇◆

「……エリーゼ・ジョルジュか。余計な口を挟むな。今、僕はこの商人と話をしているところだ。お前にかかずらわっている時間などない」

少年の方……少女から呼ばれた名前からして、ノエルというのが彼の名だろう。

少女の方はエリーゼか。

ノエルはエリーゼの方を面倒くさそうに見て、さっさとこの場からどくように、とでも言うように手を振った。

かなり挑発的な仕草に見える。

エリーゼもそう捉えたようで、吊《つ》り上がった目じりを更に厳しくした。

「あなた……‼」

エリーゼの体から、魔力の高まりを感じる。

と言っても、魔術を放つ前段階、というわけではなく、感情の高ぶりに伴って起こる自然な現象である。

自分の居場所や、魔力の強さ、魔術を放つタイミングなどが察知されてしまう可能性があるため、魔術師としてこなれればこなれるほど、そう言ったことはなくなるように訓練しているものだが、彼女はおそらくは優秀だろうとはいえ、まだ魔術師見習いに過ぎないのだろう。

そうなってしまうのも仕方がない。

しかし……。

「……リナの友人か。となると、中々にまずい状況だな？」

ロレーヌがリナの言葉に顎を摩《さす》る。

「そうか？　いくら何でもいきなりこんなところで魔術合戦したりはしないだろうし、仮に戦い始めたとしても何とかなるだろ？」

基本的に、街中で強力な魔術を飛ばし合うのはご法度だ。

それがヤーランでの法である。

他国ではそうではない、というわけではなく、大概の国でも同様の基本的な決まりだ。そうではない地域もないわけではないけど。

だから彼らもわざわざ法に反することをしようとはしないのではないか、という期待がまず、あった。

《学院》というのは確か、賢明さや高潔さを謳《うた》っていたような気がするからな……。

しかし、そうは言っても、実際に冒険者同士の小競り合いとかは普通にあるわけで、ザルというか、衛兵が来るなどの大騒ぎになるまでは放置されるのが大半だという事実もある。

実際の扱いとしては、街の建物を倒壊させたり、全く無関係の人間を大量に傷つけたりしない限りは問題にはならない。

だから冒険者は平気な顔で小競り合いをしてしまうわけだ。全く法を守る気がない、というわけではないにしても、人としての最低限以外はあまり気にしないのだ。

だからこそ荒くれ者扱いされる。

なので、仮にここでノエルとエリーゼが魔術を飛ばし合っても、まぁ、彼ら自身がどうにかなる、ということはない。

また、周囲の一般人の観客たちについても、魔術を浴びれば危険、というのはあるが、そこら辺はロレーヌが防壁を張るなどしてどうにかするだろう。

ロレーヌ以外にもちらほらと冒険者の魔術師がいるのは確認できているし、彼らもいざというときには何とかするはずだ。

そういうわけで、俺はそこまでまずい状況だとは思っていないからこその発言だったわけだが、ロレーヌは首を横に振った。

「そっちの方はな。ただ、あの商人の腰のものを見ろ」

「ん？……あぁ、アリアナ自由海洋国のものだな。そっちから来たのか」

商人の腰には短剣が差してあった。

それは戦闘用のものではないのは造りや大きさから明らかだったが、鞘《さや》の部分に特徴的な紋章が刻まれているのが見えた。

紋章は二つ並んでいたが、片方には見覚えがある。

それは、アリアナ自由海洋国、という国の紋章だ。

海を泳ぐ大蛸《おおだこ》が、巨大な海竜に締め上げられている様子を描いたものである。

ちなみに、アリアナ自由海洋国、とはこの大陸の沿岸部に長い海岸線を持つ国で、主に海洋貿易で発展している国家だ。

その性質上、商人が非常に多い国だが、そのためどの国にもかの国の商人は顔を出す。

だから別にそのこと自体は構わない気がするが……そう思った俺に、ロレーヌは続けた。

「もう片方の紋章はアリアナの商会組合に所属していることを示すものだ。それだけなら別に構わんのだが、あの短剣を与えられるのは組合においてそれなりの地位を占める者だけだ。揉《も》めると厄介だぞ。まぁ、それでも別に知り合いでもないなら放っておいてもいいのだが……」

アリアナの商会組合は金儲《かねもう》けのためなら何でもする、と言われるところだ。

多くの腕利きの傭兵《ようへい》や冒険者を雇っているが、それに加えて暗殺者すら使うことすらあるとも言われる。

どこまで本当なのか分からない噂《うわさ》が大量にこびりついた、危険な集団なのだ。

普通に表側のルールを守って付き合う分には問題ないのだが、事を構えるのには覚悟がいる。

そんな相手と、おそらくは気づいていないとはいえ、揉め事をすでに起こしてしまっているこの状況が危険だと、ロレーヌは言っているのだろう。

そして、リナの友人も巻き込まれかけているので、放置は出来ないだろうとも言外に言っている。

「……だけどな、ここまで揉めた後に介入するのは……厳しくないか？」

仲裁に入ってもいいのだが、ノエルと商人はそう簡単に仲直りしそうもない。

藪蛇《やぶへび》になって、俺たちまで大変な目に、なんて可能性もありうる。

しかしロレーヌは、

「いや……おそらくは、何とか出来る。さっき少年のローブを見たときに、気づいたことがあるかな。で、これが肝心だが……リナ、助けた方がいいのだろう？」

リナにそう尋ねた。

リナはその言葉に深く頷いて、

「出来ることなら、お願いできますか……」

そう言ったのだった。

◆◇◆◇◆

「……怒りを収めろ、エリーゼ。お前、まさかこんなところで魔術を放ち、争おうというのか？」

十歳ほどの少年、ノエルが激高している少女エリーゼに意外にも忠告を口にする。

しかし、その口調や態度がかなり尊大に見えるために、これはむしろ逆効果のように思えた。

「貴方《あなた》がマルトに着いて早々、揉め事を起こそうとしているから止めようとしているのが分からないの!?　あれほど学院長から釘《くぎ》を刺されたというのに、貴方はそれを……」

とはいえ、未《いま》だ決定的なことが起こっていないのは、幸いか。

思いの外、二人とも自制力があるのか。

しかし物凄《ものすご》く注目を集めているのも確かだからな……。

貴族だから観客の多寡は気にしないということなのかもしれない。

俺みたいな小市民には真似《まね》できない心持ちだな。

そう思っていると、リナに頼まれたロレーヌが人混みをかき分けて、商人と、二人の学院生徒の前へと出てくる。

魔術を使って一発全員吹き飛ばして道を空けさせる、ということも出来たとは思うが、それこそ大事だからな。

気を遣ったのだろう。

それから、ロレーヌは怪訝《けげん》そうにする三人に対して、口を開く。

「お前たち、ちょっと待った」

唐突に場に現れた、部外者という立ち位置の割に落ち着いているのは彼女の性格だろう。

これに対してまず反応したのが、エリーゼであった。

「……貴女は？　マルトの人？」

「そうだな」

「それがどうしてこんなところに出てきたの？　見れば分かるでしょうけど、私も彼も《学院》の人間よ。それなのに……」

エリーゼが何を言いたいのかと言えば、学院の生徒と言えば、大半が魔術師であり、そうでなくとも何らかの武術を身に付けているのが通常なのであるから、一般人がこのように止めにはいるのは危険である、ということだろう。

つまり、ロレーヌを気遣った言葉だ。

ただし、そんな配慮はロレーヌには必要ないのは当然のことだ。

ロレーヌは、

「……まぁ、その辺りについては分かっているから気にしなくていい。それよりも大事なことは……そっちの君だ」

そう言ってから、ノエルの方へと近づく。

ノエルは一瞬後ずさりかけるが、それよりも早くロレーヌが彼の元にたどり着き、そしてそのローブに触れた。

「……」

何か言うかと思ったが、ノエルは意外にも何も言わない。

そのことに、エリーゼは少し驚いたような顔をした。

ロレーヌはしばらく、ノエルのローブを観察し、それから、

「……やはり、な。君の主張は正しいようだ」

そう言った。

「……主張が正しいって、商人がローブを壊した、っていうのが正しいということでしょうか？」

ひそひそとリナが俺に聞いてくる。

俺は少し考えてから、

「……さっき何か、ロレーヌが気づいたことがあるって言ってたからな。それがあの少年……ノエルのローブのことだったんだろう。しかし、壊れているのか。強化はまだかかっているような感覚がするんだけどな……」

そう言う。

俺にはロレーヌのように魔力の流れをはっきりと視覚で認識することは出来ないため、大まかな感覚で魔術の発動や効果を捉える感じでやっているが、それによると、少年のローブは未だそれなりの魔術がかかっているような感じがあるのだ。

しかし、言われてみると……少女のものより若干弱い、かな？

いや、弱いと言うより……。

「……それは、どういうこと？　なぜ貴女にそんなことが分かるの……？」

ロレーヌの言葉に驚いたのは、俺とリナだけではなく、エリーゼも同様らしい。

これにロレーヌは答える。

「私はこれで錬金術師なんでな。遠くから見ただけならともかく、実際に触れ、確かめてみればそれくらいのことは分かる」

本当はロレーヌ自身が持つ、魔力を視認できるその魔眼によって触れるまでもなく分かっていただろうとは思うが、そういうことを公共の場で言ってしまうと面倒なため、言い訳としてそう言っているのだろう。

とはいえ、それが分かるのは彼女の能力を知っている俺だけだが。

「錬金術師……じゃあ、ノエルの言っていることは……」

「正しい、と言っている。まぁ、君の方が難癖になってしまうわけだが、ただ、この状況なら仕方がないな。少年、君ももう少し、言い方があったのではないか？」

さっきからロレーヌにされるがままになっていたノエルは、ばさり、とロレーヌが摘《つま》んでいたローブを引き戻してから、

「……大きなお世話だ。僕は間違ったことは言っていない」

とこれまた尊大な態度で反論する。

それを聞いて、ロレーヌはため息を吐き、首を横に振る。

これで一件落着か、と一瞬思ったが、そんなわけもない。

ノエルとエリーゼとの間の誤解はなくなったかもしれないが、問題の根元がまだ、ある。

「ちょ、ちょっと待ってください！　それじゃあ、あたしが悪いと言うんですか⁉　あんたは……突然横から入ってきて、そりゃあないでしょう！」

問題の商人がそう叫ぶ。

まぁ、当然だろう。

ノエルの主張に間違いがないと言うことは、商人が悪かったという話になってしまうからだ。

本当に何もしていないというのなら、商人からすればたまったものではないはずだ。

しかし、ロレーヌはそんな商人のもとへとつかつか歩いていき、それから、その耳元で何事か呟く。

すると、商人の顔からすっぽりと感情が抜け落ち、それから唖然《あぜん》とした顔でロレーヌを見つめた後、青くなって、震えるように頷いた。

それから、

「……で、どうするんだ？」

とロレーヌが改めて尋ねると、商人は、

「……後で学院の方へ賠償を……申し訳ありませんでした……」

驚いたことにそう言った。

それからロレーヌがノエルに、

「と、言っているが、君の方はどうだ？」

と尋ねる。

ノエルは何とも言えないような、苦々しげな表情を浮かべるも、何かを飲み込んだように、

「……僕もそれで構わん。そこのエリーゼが言ったように、マルトに来るに当たって《学院》の生徒として、恥ずかしくない振る舞いをするように学院長から言いつけられているのでな」

そう言った。

さらにロレーヌはエリーゼにも視線を向けた。

するとエリーゼは、

「……私が間違っていたみたいだし、何も無いわ。あぁ……でも、ひとつだけ。ノエル、私が悪かったわ。あとで埋め合わせを……」

「ふん。エリーゼ・ジョルジュ。僕に何か奢《おご》りたいのなら、まず僕よりも成績を上げてから言うことだな……それと、目の前の人物の力量もある程度見抜けるようになれ。ではな」

そう言ってその場から去っていった。

それで、争いごとの雰囲気はその場からふっと消え、空気が弛緩《しかん》して観客たちも去っていく。

残ったのは、俺とリナ、ロレーヌ、それにエリーゼだけだ。

商人もどこかへ去っていった。

そして、それだけ閑散として初めて気づいたらしく、エリーゼはリナの顔を見て、

「……あなた!?　どうしてこんなところに!?」

そう叫んだ。

◆◇◆◇◆

「……ははぁ、それでこんなところにねぇ。つまり、この二人は冒険者の先輩ってわけ？」

場所を変えてマルトにある一軒のカフェ。

席に着いているのは俺とロレーヌ、リナと……そしてリナの元同級生であり、マルトに来て早々、一悶着《ひともんちゃく》を起こした人物の一人であるエリーゼ・ジョルジュだ。

最初の台詞はそのエリーゼが、リナからなぜ、このマルトにいるのかの経緯を聞いた結果、嘆息するように出てきた言葉であった。

ちなみにその内容はかなり欺瞞《ぎまん》に満ちている。

具体的には、リナが謎の骨人《スケルトン》に出会った話とか、迷宮主になりかけた話とか、すでにもう人間ではないという些細《ささい》な事実に関しては省いている。

とはいえ、嘘《うそ》をついているわけでもない。

リナは言う。

「……そうだね。王都からここに来て、色々とうまくいかなかったんだけど、こっちの……レントさんに迷宮で救われてからはなんとかやっていけるようになってきたよ。ロレーヌさんもすごい魔術師でね、私も魔術を教えてもらう予定なんだ」

これについては、リナには《分化》とか吸血鬼《ヴァンパイア》もどき由来の奇妙な技能が身に付いてしまっているからだ。

言い訳がてら魔術もそれなりに詳しくなって、使えた方がいいだろうという理由である。

突っ込まれても魔術なんですよ、これは～、と惚《とぼ》けるためには、魔術で何が出来て、何が出来ないのかをよくよく分かっておかなければならないからな。

《分化》なんて魔術を使ったからって出来ることではないけどな。

ただ、影を飛ばしたんです、みたいなことは可能なため、そういうことは言える。

魔力感じないんですけど、と言われたら、隠蔽が得意なんで……とか苦しいけど言える。

……まぁ、それでも可能な限り秘密の技能にしておく感じになるな。

ただ、いざというときがあるからそのためだ。

「へぇ。魔術師だったのね……だから私たちの前に出ても堂々としてたわけだ。それに……ノエルが言っていたわ。目の前の人物の実力を見抜けるようになれとか……ロレーヌさんって、実はすごく強いですか？」

ぶつぶつと言いながら、最後はロレーヌに尋ねたエリーゼである。

これにロレーヌは少し首を傾げつつ、

「……いや。それほどでもないな。私の本職はどちらかというと学者だ。魔術は片手間に過ぎん」

と言う。

その台詞に俺は心の中で嘘をつくな嘘を、と思ってしまうが、本職が学者で魔術師が副業なのは事実だ。

問題はそれほどでもない、という点にあるが……まぁ、謙遜だな。

実際、ぱっと見で魔術師の実力を看破するのはそう簡単なことではない。

ただ単純に魔力を放出してくれれば、圧力を感じるから分かるのだが、そんな分かりやすいことはしてくれないからな。

威圧のためにそうしたりすることはあるだろうが、普段は魔力を隠蔽している魔術師も少なくない。

ロレーヌは常に自分の魔力は隠している方だ。

その方が色々な意味で安全だからな。

そんなロレーヌの言葉に、エリーゼもやはり常識は知っているようで、怪しげな眼《め》を向けて、

「……本当ですか？　うーん、だとしたら、ノエルがあんな風に言う理由がないんですけど……」

そう言うも、ロレーヌはその言葉尻を捉えて素早く話をずらす。

「そうそう、あの少年な。また随分とエリーゼ、君と仲が悪いようだったが、何か確執でもあるのか？」

これにエリーゼは素直に答える。

「確執……というほどでもないんですが、学院の成績で首位争いを常にしているもので。それがエスカレートしていつからかあんな関係に……と言っても、私が負け続けてるんですけどね。一度も勝てたことがないんです」

「ほう、あの若さで優秀な生徒なのだな」

「ええ、それは間違いないです……ただ、ちょっと上から目線なところがあって、それでさっきみたいなことは日常茶飯事というか」

ちょっとか？

と突っ込みたくなったのは俺だけではないだろう。

ただ、俺とロレーヌにはそこに突っ込まないだけの分別があった。

しかしリナは違った。

「ぜんぜんちょっとじゃないよ！　ものすごく上から目線だったよ！」

はっきりとそう言うのは、最後にちょろっとエリーゼのことを馬鹿にしていったことについて、友人として義憤でも感じているからだろう。

確かに腹の立つ物言いであったが、ただ、聞きようによってはエリーゼの実力を認めている風でもあった。

少なくとも自分に次ぐ実力があることを認めてはいたような気がする。

しかし、リナはちょっと子供っぽいところがあるからな。

そういうところよりとりあえず、なんなのあいつ、みたいな感情が先立つのだろう。

「まぁ、確かにね。ただ、普段はそこまで筋の曲がったことはしないのよ。だからさっきは少し不思議だったんだけど……そうそう、ロレーヌさん。さっきのあれ、結局どういうことだったんですか？　ノエルの言い分が正しいというお話でしたけど、何がどういうことだったのか、私にはさっぱり分からなくて……」

「ああ、そうだったな。それについては……まぁ、さっき言ったとおりだ。あのノエル少年のローブにかかっていた魔術を、あそこにいた商人が歪めた。結果として、ローブの性能が低下した……そういうことだ」

それは、分かっている。

ノエルの話はまさにそういうことに他ならなかったのだから。

気になるのは、理由である。

エリーゼも同じようで、

「でも……このローブは《学院》で制作している特別な品です。設計から素材集め、縫製、魔術付与《エンチャント》に至るまで、その道の第一人者が技能の全てを注いで作ったもの……。そう簡単に性能が低下するようなものではないはずです。もちろん、魔物との戦闘で酷使した、というのなら話は別ですが、今回はただぶつかったくらいで、特別そういうことはなかったのに……」

確かにそれはそうだ。

そもそも、アリアナの幹部クラスの商人、とはいっても、戦闘能力が高いというわけではない。ぶつかったくらいで魔物の攻撃と同じクラスの打撃を与えられるはずもなく、それに加えて相手は学生とはいえ、《学院》の魔術師だ。

どう考えても勝負にはならない。

商人がそんなに強かったら恐ろしいではないか……。

まぁ、世の中には自分で武具の素材を取りに行く鍛冶屋とか、薬草探しに冒険者ですら立ち入らない危険地帯に入っていく薬師とかもいるとは言うけどな。

少なくともさっきの商人は抜け目ない雰囲気はあったけれど、肉体的にも魔術的にも、ただの小太りの小男でしかなかったはずだ。

しかし、ロレーヌはその男が《学院》の魔術師のローブを損壊したという。

いったいどういうことか。

ロレーヌは言う。

「……まぁ、そうだな。普通ならそうはならないさ。しかし……こういうものがあれば、違ってくる」

そう言って、ロレーヌは懐から何かを取り出して、ごとり、と机の上に置いた。

◆◇◆◇◆

テーブルの上に置かれたのは、小さな短剣であった。

全体的には無骨ながらも、柄《つか》の部分には精緻な紋章が施されている。

あの商人の所属するアリアナの人間であることの証明を兼ねたそれとは別物だ。

ただ、

「……高そうだな」

俺がつい、貧乏性からそう呟くと、ロレーヌが呆れたようにこちらを見て、

「今のお前ならこれくらいのものは買えるだろうが……とはいえ、これが買えるかどうかは分からんがな。そもそも、その辺に売っているものでもない」

意味深なことを言う。

「それはどういう……？　ん……？」

言われて、首を傾げつつその短剣を観察し、手に取ろうとしてみたところ、物凄く不快な感触がする。

「なんだ、これは」

ぱっと手を離し、テーブルに戻すと、エリーゼも気になったのか、では失礼、と言って、それに手を伸ばそうとした。

しかし、その手をロレーヌが止める。

「……君はやめた方がいいな」

「えっ？……どうしてですか？」

エリーゼが不思議そうに首を傾げる。

それに対してロレーヌは、

「私とこいつはこういうものに対する耐性があるからな。しかし、そうでない人間が直接触れると良くない影響がある可能性がある。少なくともあの商人はこいつをこういうもので包んで持っていた」

そう言ってから、続けて折り畳まれた布を懐から出した。

「……こいつは……なるほど。聖気の宿った布。つまりこの短剣は……」

「そうさ。これは呪物。マルトでは本来持ち込みを禁じられている品だ」

呪物。

それは、呪具、悪魔の道具、闇具、などなど、色々な呼ばれ方をしている、特殊なアイテムのことだ。

そして、分かりやすい例を挙げるなら、俺の顔面についている仮面のようなものである。

まぁ、これは呪物じゃなくて神具に近いらしいから厳密には違うらしいんだけどな。

最初は呪物以外の何物でもないと思ってた。

外れないんだもんな……まぁ、結局その事実が色々と幸いしたけど。

顔を見せない言い訳しなくていいんだもんな。

見せようがないから。

「呪物……!?　これが、ですか……。初めて見ましたが、見ただけではそれと分からないのですね……」

エリーゼが目を見開きながらそう言う。

しかし、意外な話だな。

ロレーヌも俺と同じことを思ったのか、尋ねる。

「ふむ、《学院》には呪物のストックくらいダース単位でありそうだがな?」

《学院》は基本的に教育機関であるのはもちろんだが、研究機関としての顔も持ち合わせていると
ころだ。

その対象は通常の学問のみならず、魔術に関連するものほぼ全てにわたる。

その中には、当然、呪物も含まれているはずで、それを研究してる人間もいるはずだ。

なにせ、呪物は一応、大きく言えば魔法の道具の一部ということになるだろうが、その効果は通常の魔術の法則を無視しているような場合が少なくないからな。

効果それ自体や、その仕組みの解析は色々な意味で必要なはずだ。

そう思ってのロレーヌの台詞である。

これにエリーゼは、

「いかに《学院》とはいえ、強力な呪物は本来貴重な品です。そうそうその辺に転がっているものでもありませんから……。《塔》の方にはいくつかあるとは聞いたことがあるのですが、それもかなり厳重に保管されているようで、学生の身で簡単に見せてもらえるようなものでもありません」

そう答えた。

ロレーヌはこれになるほど、と頷いて、

「ヤーランの《学院》ではそうなのか……ふむ。分かった。となると、これは君にとっても貴重な機会になりそうだな。せっかくだ。呪物に触れてみるか？」

と、意外なことを言う。

「ロレーヌ……さっき触るなって言ったばかりだろ？　いいのか」

俺がそう尋ねるとロレーヌは、

「まぁ、流石に町中で、というのは何が起こるか分からんからな。流石にここでむき出しのまま、とは言わんが、エリーゼはこれからマルトにしばらく滞在するのだろう？　予定が合うなら、別の日に機会と場所を設けようかと思ってな。どうだ？」

そう言う。

かなり物騒な提案であるが、ロレーヌがこう言うのだ。

危険はそれほどないということだろう。

そもそも呪物と言っても、色々ある。

俺の仮面のような何をどうやってもどうにも出来ない、というものは少数で、それなりのものなら教会の聖人、聖女なら浄化できると言われている。さらに弱いものなら、他国においては魔道具レベルの扱いをされていることもある。

この短剣はそのレベルか、少し強力なくらい……ということかな。

そうでなくとも、聖気を宿した布越しとかなら、まぁ、なんとか、というところか。

ロレーヌの提案にエリーゼは少し考える顔をしたが、やはり《学院》の生徒らしく、勉強の機会が転がっていてそれを見逃す気にはなれないようだ。

決意を固めたような表情で、

「でしたら、お願いできますでしょうか？　予定の方は、一度確認してみないとはっきりとは申し上げられないのですが、決まり次第、ご連絡しますので……」

そう言った。

それにロレーヌは頷き、連絡先を交換する。

エリーゼによると、どうやら《学院》の生徒たちはマルトでも大きな宿をしばらく貸し切りにするようだ。

《塔》も一緒に、ということのようだが、豪儀なことだな……まぁ、辺境都市の宿なんて、大したものでもないか。

それから、集合の時間がある、ということでエリーゼは宿へと向かっていった。

名残惜しそうにリナと抱きしめあい、そしてここに滞在している間はたまにでいいからご飯を食べよう、というようなことを言っていた。

そんな姿を眺めつつ、俺はロレーヌに尋ねる。

「この短剣があのローブの魔術を歪めていた、ということでいいのか？」

未だに手に持つとぞわぞわとした嫌な感じのするそれだが、流石に慣れた。

ロレーヌは頷く。

「ああ。おそらくは、近くにある物に宿る魔力を乱すのだろうな。本来、そういうことがないように魔道具にはシールドがされているものだが、それすらも越えて影響を及ぼすとなると……今の技術では簡単には実現できないことだ」

「絶対に無理ってわけではないんだな」

「それはそうだ。方法も色々考えられないこともない。とはいえ、《学院》のローブはそう言った既存の方法からも身を守れるよう対策されていただろうが、これの前には意味がなかったわけだ……呪物の呪物たる所以《ゆえん》だな。仕組みを解析できれば一財産なんだが、難しそうだ」

魔眼を持つロレーヌだ。

普通の魔道具なら仕組みを看破することはそこまで難しくはないはずだが、呪物はひと味違うらしい。

「ちなみに、これを俺やロレーヌが持っても大丈夫な理由は？」

「私たちには祠《ほこら》の分霊の加護がある。聖気の宿る布越しに触れているのと同じこと、というわけさ。リナもお前から聖気を借りれば大丈夫かもしれんが……それについてはさっきは言及しにくくてな」

これも納得である。

エリーゼの前でそれを言うといったいどこで聖気の加護を、ということになってしまうからな。

ま、あとでリナに色々と言っておいた方がいいだろう。

閑話　ノエル・クルージュ

王都ヴィステルヤから遠路はるばる、辺境都市マルトなどというど田舎くんだりにやっと着いたかと思えば、いきなりこれだ。

《学院》首席ノエル・クルージュは、目の前からそそくさといなくなろうとするどこかの国の商人の背中と、自分のローブの状態を確認しながら、そんなことを考えた。

先ほど商人にぶつかった直後、キン、と何かローブの魔術構成に干渉されたような耳鳴りがし、簡単にだが確認してみたところ、全損というわけではないが、ローブにかけられた魔術効がかなり減衰されてしまっていることに気づいたのだ。

もちろん、ローブは《学院》お抱え職人謹製であり、そう簡単に壊れるものではない、ということは分かっている。

しかし、そうであるとしても事実は事実だ。

少なくとも、このマルトにたどり着いたときには何の問題もなかったローブの機能が低下していることは事実であり、そしてマルト到着から今に至るまでに、何か奇妙なことが起こってないかと尋ねられれば、それはそこに見える商人に追突されたことくらいである、ということになる。

論理的に考えて、あの商人が犯人なのは十中八九間違いない、と思った。

普段であれば、それを確認した時点で《学院》の教授に話を持って行き、糾弾してもらうとか、自ら足を止めさせるにしても比較的穏便にそれを行っただろうとは思う。

しかし、今回の場合、その自制が働かなかった。

結果、商人と口論になってしまい、周囲の視線を集めることになった。

失敗だった、と心底思ったのはもちろんだ。

普段から、お前は口調が少々尊大なのであり、その性質を少しは抑えて行動するように、と言われることの多い自分である。

こういうことのないように、と外に出るときは注意していたはずだった。

それなのにこんなことになったのは、ここ最近の生活にストレスが多すぎたからだろう。

今更何の言い訳にもならないが……。

ともかく、こんなことになってしまったからには、選択肢は少ない。

ただ、自分の主張には概《おおむ》ね間違いがないこと……商人にこそ責められるべき事情があるということは、商人の過剰なまでの反論によってむしろ明らかになったのでよしとする。

普通の……その辺の露天や店舗でしか商人と接する機会のない平民だったらその違いは分からなかったかもしれない。

しかし、ノエルの家はそれなりの格のある貴族だ。

具体的に言うと、クルージュ家はヤーラン王国の伯爵位に該当する。

その現在の権勢について語ると、正直胸を張れないのだが……在りし日は宰相を輩出したことすらある名家である。

そのため、今でも商人とはかなり規模の大きい取引をしている。

その際、当然ながら交渉が行われるわけだが、ノエルはそういった席に同席することもあった。

もちろん、ノエル自身が交渉するわけではなく、いずれ伯爵位を継ぐ者として、経験を積むため、そして商人との顔つなぎのため、という理由だ。

なので、この年にしては、そういった商人の浮かべる感情の機微というものをある程度理解しており、そこからすると、今目の前に立つこの商人はすこぶる怪しい、というのがノエルの出した結論だった。

とはいえ、問題はその先だった。

どうやってローブの魔術効を傷つけたのか。

それが、分からなかった。

意図したことではないが、商人の感情はかなり高ぶっているし、煽《あお》ってやればボロくらいは出すか、と思ったが、そこは流石《さすが》に商人ということだ。

特に尻尾を出すことはなく、事態は膠着《こうちゃく》してしまった。

ここで一旦引き、《学院》から正式に抗議をする、という手段もある。

《学院》にはそれだけの力があるし、ノエルの主張もローブの状態を精査してもらえば認めてもらえるだろう。

しかし、それをした場合、この商人は二度と見つからないような気がしていた。

ここで逃がしてしまうのは、よくない手だと。

ただの勘かもしれないが……。

そういったことを考えていると、突然、人混みの中から一人の少女が飛び出してきた。

エリーゼ・ジョルジュ。

《学院》でノエルに次いで将来有望な少女である。

とはいえ、その性格は少し面倒くさい。

正義感とか正当性とか、そういうものをまず第一に行動するようなところがあるタイプだからだ。

それが間違っている、というわけではないのだが、この場においてそういう価値観で行動しがちな彼女が出てくると、事態がややこしくなるのは火を見るより明らかだった。

実際、ノエルと商人の言い争いだったはずなのに、いつの間にやらノエルとエリーゼの口論になっていた。

商人の方をちらりと見ると、人混みの隙間を探すようにチラチラと視線を動かしている。

目を離すと逃げるな、と思わずにはいられない行動だった。

やはり、何か後ろ暗いところがあるらしい……しかし、それはいったいなんだ？

その辺りに、ノエルのローブを傷つけた理由がありそうな気もするが、それが何なのかははっきりこれ、と断定することが出来ない。

結果的にエリーゼとの口論は、それを考えるための時間稼ぎになったので、悪くはなかったかもしれないが、このままでは……。

そこまで考えたところ、今度は別の人物が人混みの中からするり、と出てきて、ノエルとエリーゼの口論を止める。

……誰だ？

まず、ノエルはそう思った。

エリーゼもそうだったのだろう。

しかし、誰なのかは分からないにしても、ノエルにはその人物が相当な実力を持った魔術師であることは分かった。

研ぎ澄まされた魔力、淀《よど》みのない構成。

並の魔術師では分からないだろうが、何かあったときには瞬間的に魔術を放つことが出来るよう、準備しているのが分かってしまった。

いや、ノエルも正直なところを言えば、いくら《学院》首席とはいえ、見習いに過ぎない。

そのため、自分の実力は並、もしくは並以下の魔術師なのだと正確に認識しているが、にもかかわらずそれが分かるのは、目の前の人物が、《学院》に入学する前、家庭教師としてついていた帝国出身の高位魔術師の爺《じい》さんと同じ雰囲気を発していたからだった。

ノエルが授業をさぼろうとすると、あの雰囲気を出し、威圧してきて……それでも反抗しようとすると、笑いながら魔術を撃ち込んできた。

もちろん、命中したのは当たっても最悪、打撲くらいで済む水の魔術程度のもので、それ以外のものは寸止めとかぎりぎり横を焼くとかくらいだったが、思い出されるのはその恐ろしさだ。

この爺さんは、その気になれば一瞬で自分の息の根を止められるのだ、と心の底から理解していた。

思い出したくない話である。

それなのに、実に恐ろしいことに。それと同じ雰囲気を、目の前の女性は放っていた。

だから、ひどく近くにやってこられ、自分の衣服を摑《つか》まれても、ノエルは全く動くことも、声を発することも出来なかった。

◆◇◆◇◆

しかし、その予想外の出来事は、ノエルにとって良い結果をもたらしてくれた。

突然現れたその人物は、ノエルのローブの魔術効低下を触れただけで見抜き、その上、商人にその非を認めさせたのだ。

ノエルが概ねやりたいと考えていたことをこれほどまでに鮮やかにやってのけた魔術師。

王都から見れば、辺境都市マルトなどド田舎そのもので、大した人材などいないと思われているが、実際はどうもそうではないようだ。

可能なら色々と尋ねたいとは思ったが、魔術師というのは大半が秘密主義である。

このような、人が大勢居るところでノエルが聞きたいことを尋ねても、そうそう答えてくれるとは思えなかった。

それに加え、その魔術師がこれで揉《も》め事《ごと》は解決ということでいいな、という質問をしてきたため、さっさとこの場を去るのがいいだろうとも思った。

こういう争いごとというのは、その中心人物がいなくなればふっと霧散して何もなかったかのように終わってしまうものだからだ。

《学院》において、比較的、目立つ言い争いをしがちなノエルからすると、それは経験的な事実である。

もちろん、不当に人を糾弾したことはないつもりだが、いかんせん、言い方とか爵位とか成績とか色々なものが絡んできて、ノエルの方が悪そうだ、と見られがちではある。

それが分かってきてからは、揉め事自体起こさないように注意してきたわけだが……今回は良くなかったなと改めて反省する。

さらに、魔術師はエリーゼにも同様の確認をした。

彼女はそれに頷《うなず》く。

それ自体は別におかしくはなかったが、直後、ノエルに対して謝罪をしてきた。

さらに、何か埋め合わせをしてくれるつもりらしい。

正義感の強い彼女らしいと言えば彼女らしかった。

とはいえ、彼女が自分を疑った気持ちは分かる。

確かに最初、彼女が言っていたとおり、この都市マルトに来るに辺り、学院長からはくれぐれも《学院》の品位を貶《おとし》めるような行為は慎むように、と言われていた。

何も間違った行為をしたつもりはないとはいえ、エリーゼの目から見れば、そのような行為に見えていた、というのは理解できた。

だからこそ、謝罪はともかく、埋め合わせなど必要ない。

そう言おうと口を開こうとしたが、まだまだ自分は子供らしいとそのときに思う。

口から出た言葉はかなり皮肉っぽい台詞《せりふ》で、少しだけエリーゼは憤慨したような表情を浮かべた。

しかし、自分の方に非がある、というのはその学年次席を誇る明晰《めいせき》な頭脳で理解していたようで、言い返して来ることはなく、少し、鋭い視線をこちらに向けてくるくらいだった。

視線の伝えるメッセージをあえて言語化するなら、

——そのうち吠《ほ》え面《づら》をかかせてあげるわ。

だろうか。

もちろん、殴り合いとか殺し合いとかではなく、《学院》の成績でである。

学生として極めて健全な競い合いだ。

言うまでもなく、ノエルに負けるつもりはないが……最近のエリーゼの成績の上昇は目を見張るものがあった。

もともと、ノエルには学院に来る前から優秀な家庭教師についていた分、アドバンテージがあったが、それを詰められているというところなのだろう。

これはうかうかしていられない、と心から思う。

そしてそのためには……。

このマルトでやらなければならないことがある。

そう思って、ノエルは《学院》が取った宿へと向かった。

◆◇◆◇◆

宿に着くと、さっそく、今回、都市マルトの迷宮調査のために来た、《学院》教授の一人である
「……ノエル・クルージュ。聞きましたよ。馬車乗り場でのこと」

アデリーナ・モスカに開口一番、そう言われる。

随分と耳の早いことだ、と思うが、あれだけの騒ぎになったのだ。

他の生徒たちも近くにいただろうし、当然かと思い直す。

それから、特に反抗したりはせずに、事情を話した。

すると、はじめは厳しい視線を向けていたアデリーナの表情は徐々に普通のそれへと変わっていった。

もともと、その顔立ちは冷たく、氷のようだと言われがちな雰囲気を持った女性である。

少し視線が緩くなっても決して優しげには見えないが、生徒の引率のために来た学院教授の人選としては正しいだろう。

少なくとも、面と向かって彼女に逆らったり、反抗的な行動に出ることの出来る生徒はいない。

性格的な厳しさもだが、魔術師としての実力も《学院》教授の中では上から数えた方が早いからだ。

生徒では争いにすらならないだろう。

「……なるほど。事情は分かりました。そういうことでしたら、責めるのはお門違いでしたね……。しかし、そのような場合には自分だけで解決しようとするのではなく、我々教授陣に連絡をしてください。それがもっとも穏便かつ、確実ですよ、ノエル」

アデリーナはそう言ったが、これについてはノエルにも少しは言い分があった。

「それについてはもちろん考えたのですが、商人の気配が何か……不穏で。逃げられてしまう懸念がありました。ですので、あの場ではそれが最善だと判断したのです」

他にやりようがなかった。

そういうことなのだが、これについてアデリーナは首を横に振り、

「……逃げられても構わないのです」

「え？」

「ノエル。何よりも大事なことは、貴方《あなた》の身の安全ですよ。もしもその商人に大きな後ろ盾があった場合、たとえヤーランの伯爵位を将来継ぐ予定にある貴方であっても、色々な意味で無傷でいられない可能性があります。そのようなことになるくらいであれば……逃がしてしまった方がいい。まぁ、エリーゼほどではないにしろ、見かけより正義感の強い貴方からすると、少し、取りにくい選択肢であるのは分かりますが……貴方はまだ、生徒です。《学院》にいる間は、私たちにその安全を守らせてほしい……私の言っていることが、分かりますか？」

「それは……はい。分かります」

エリーゼと一緒にされたことが少し不服だったが、今になって自分の行動の理由を分析してみると……。

確かに正義感、というのが強く出たのかもしれない。

とにかく、悪いことをした商人を捕まえなければならない、とどこかで思っていたからこそ、あぁいう行動になったのだろうからだ。

無理に捕まえる必要はなく、場合によっては逃がしてもよかった、と言われれば確かに、という感じである。

「それなら、いいのです。お説教はここまでにしておきましょう。しかし……その魔術師の方に《学院》としても改めてお礼をしに行かなければなりませんね」

アデリーナはそう言うが、

「いえ、名前も住む場所も尋ねるタイミングがなくて……」

「……そうですか。ですが、貴方が逆らえない、とまで感じるほどの魔術師なのです。少し探せば見つかることでしょう。さて、ノエル。今日のところは休みなさい。明日からは迷宮の調査です。同じ班の生徒たちとその準備をするのを忘れずに」

アデリーナはそう言って、宿のロビーに戻っていく。

ノエルを出迎えた場所だ。

そこからは宿に入ってくる人間全てが観察できるため、今回ここに来た《学院》教授陣が交代で見張っているという感じなのだろう。

それに加えて、おかしな行動をとる生徒をたしなめたりするためか。

ノエルのような。

となると、次にしかられるのはエリーゼだろうな。

そう思うと、どこか愉快な気分になる。

……少し性格が悪いかもしれないな。

そう思いつつ、ノエルは宿の自分に割り当てられた部屋へと進んでいく。

◆◇◆◇◆

「お、来たな。我らが同胞よ！」

がちゃり、と宿の扉を開くと同時に、舞台役者のように大げさな身振りでノエルを出迎えたのは、《学院》の同級生であり、かつ、今回宿で割り当てられた部屋が同室のピエルパオロ・ブランカだった。

全体的に細長く、人を食ったような雰囲気の妙な男、という印象を、彼を初めて見た人物は受ける。

実際、ノエルも彼と初めて出会ったとき、そんな風に感じたものだ。

今となってはもう、慣れてしまったが。

ちなみに、これで父親はしっかりと爵位を持った貴族である。

子爵位であり、かつ商売もやっているようで経済的に裕福な貴族だ。

ピエルパオロは長男であり、《学院》でもノエルやエリーゼほどとは言わないまでも、優秀な成績を修めている男である。

したがって、将来その地位を継ぐことになるのは自然な流れである。

いつか、この男と貴族として肩を並べる日が来る、と言われると妙な気分に陥るが……まぁ、貴族というのは大半が変わっているもので、特にヤーラン貴族は他国と比べてその傾向が顕著である。

今更な話かもしれなかった。

「……それで？　首尾の方はどうなんだ。なんとかなりそうなのか？」

ノエルが呆《あき》れたようにため息を吐《つ》きながらピエルパオロに尋ねると、彼は大きく頷いて、

「まぁ、概ねなんとかなりそうだぜ。俺たちみたいなのがすんなり迷宮に入るのにはまず、冒険者の確保だからな……。もちろん、俺たちも魔術は使えるわけだが、迷宮に日常的に潜ってる奴《やつ》らと比べれば威力も精度も比ぶべくもねぇ。それに、戦いのために行くわけでもねぇしな。余計なことに体力を使いすぎることは避けないとならねぇ。そうだろ、兄弟」

「ああ……《学院》での成績がかかっているからな。エリーゼに負けるわけにはいかん」

「……ん？　なんかあったのか」

いつもとは少し異なる、多少気合いの入った声色を、ピエルパオロは不思議に思ったのだろう。

首を傾《かし》げつつ尋ねてきたので、ノエルは馬車乗り場でのことを説明した。

全て聞き終えたピエルパオロは腹を抱えて、

「おまっ！　お前、着いて早々何してんだよ……！　あんだけ揉め事は起こすなって言われてたのに。まぁ、事情が事情みたいだから仕方ねぇかもしれないが……しかし、ローブを触れただけで、ねぇ……」

そんな風に盛大に笑われる。

これにノエルは文句も言わず、ただ腕を組んでむっつりとしていた。

ピエルパオロは、《学院》においてノエルに心の底から砕けてモノを言える珍しい生徒で、それをノエルも咎《とが》めないという関係にある。

つまりは、ノエルの唯一の友達ということになるだろう。

ノエルは基本的に優れた人間以外を見下すような態度を取りがちなタイプに見える人間である。

実際はそんなつもりはないのだが、どうにも見え方、というのは難しい。

しかし、そんなノエルが対等に接しているように見えるのが、このピエルパオロなのであった。

それは別に、ノエルが遜《へりくだ》っているとか対応を変えている、というわけではなく、むしろピエルパオロの方の態度が他の生徒の数倍巨大なのだった。

結果的に対等に見えているわけだ。

実際はと言えば、ノエルの方もピエルパオロのことを認めているところがあった。

確かに成績という面ではノエルの方が上であるが、ピエルパオロは妙なことを知っていたり、鼻が利くのである。

勘がいいというか……。

それはノエルにはない部分なので、尊敬に値すると考えていた。

そんなピエルパオロが、先ほどノエルの出会った魔術師について疑問を言ってくる。

「いくら優れた錬金術師だからって、触れただけでそんなこと分かるもんか？」

この質問にノエルは少し考えてみたが、結局首を横に振って、

「……実際、彼女の言葉は全て正しかったぞ。商人からの謝罪を受けたくらいだ。損害の賠償までしてくれるらしいが……」

「商人の方はな、なんか脛《すね》に傷でもあるんだろ。そっちはいいさ。しかし魔術師の方がなぁ……」

「そんなに気になるのか？」

「まぁな。お前がビビるくらいの実力者なんだろ？」

「ばっ……ビビってなどいない！」

「はいはい。ビビってるのな。それに加えて《学院》謹製のローブの構成を一瞬で見抜ける錬金術師なんだろ？　いくらなんでも能力が高すぎるんじゃないかと思ってな……」

「何か手妻があるとでもいうのか？」

そんなことはありえない。

あの状況は完全なアクシデントであり、どこかで仕込めるようなものでもなかったからだ。

それはピエルパオロも分かっているようで、すぐに首を横に振って否定する。

「そういうことじゃねぇさ。そうじゃなくて……そんな奴がこんなド田舎にいるんだ。理由なんてあんまり浮かばねぇじゃねぇか」

その言い方に、流石にノエルも察するものがあって、

「……迷宮を調べに来たということか？　《塔》や《学院》以外の機関から」

そう尋ねる。

ピエルパオロは頷き、

「まぁ、そういうことだ。他の国からってこともありうるぞ。それにそいつに限ったことじゃねぇ。誕生したばかりの迷宮なんてそれこそ十年、百年に一度見れるか見れないかだって言われているからな。どんな奴らがこの街に来てるか分かったもんじゃねぇ。注意するこった」

つまり、本気であの魔術師がどこかの機関や国からやってきた者だ、と思っていると言うよりは、迷宮を調べるにあたってそういう奴らに成果などをかっさらわれないように気をつけよう、ということが言いたかったらしい。

まぁ、分からないでもない話である。

しかし、あの魔術師については恩があるわけで、ノエルは一応、彼女にかけられた不当な疑いについては否定しておくことにした。

「話は理解したが、あの魔術師はマルトの人間だと言っていたからな。たまたまだろう」

「そうなのか？　ま、俺も心配し過ぎなのかもしれねぇな……何せ、誕生したての迷宮だ。世紀の大発見もあるかもしれないぜ」

そう言いつつも、冗談であることはノエルも分かっていた。

そういう発見というのは、あったとしても《学院》の教授たちや《塔》の研究者がするだろうか

らだ。

ノエルやピエルパオロのような生徒に期待されているのは、その使い走りに当たる、細かで雑多な情報の収集である。

とはいえ、それでも何かの偶然で、という可能性はゼロではない。

「そこはお前の幸運にでも期待しておく。僕はどうも、この街ではそれほどついてなさそうだからな」

馬車乗り場でのことを思い出しつつそうぼやくと、ピエルパオロは再度、腹を抱えて笑ったのだった。

第五章　ギルドからの頼まれごと

「そろそろ本業の方に精を出そうかな……」

俺がそう思ったのは、馬車乗り場でのいざこざがあってから、大体三日後のことである。

ここ数日、マルトにおけるこの前の騒動——巷《ちまた》ではマルト大乱とかマルト迷宮事変とか冗談交じりに言われ始めているようだが、そのほぼ中心地にいたせいか精神的に疲れていた俺である。

身体的にはやはり、どんな仕組みで動いているのか未《いま》だにさっぱり分からないが、不死者《アンデッド》であるお陰か、はぁ疲れたなぁという気はまるでしないのだ。

だが、それでも少しくらいは休養を取りたいな、と思ってだらだら過ごしていたのだ。

しかし、もともと人間だったときから休みなどほとんど取らずに、勤勉に働いてきた俺である。

三日も休めばそろそろ体を動かしたくなってきたというか、誰に急《せ》かされているわけでもないのに妙な罪悪感のようなものを感じ始めていた。

もしかしたらただワーカホリックなだけなのかもしれないが……まぁ、働かないよりはいいだろう。

しかし、そうは言っても、この三日、全く何もしていなかった、というわけでもない。

リナと軽い訓練をするくらいのことはしていた。

一切体を動かさないというのはそれこそ現役の冒険者としてよろしくないことだと思っているか

らな。

それをしてしまうと、元の勘を取り戻すのに数日かかってしまうから……。

とはいえ、それはしっかりと生きた体を持っていた頃のことで、今も果たしてそのような人間的な性質を俺の体が持っているのかは謎である……。

一度、試してみてもいいかもしれない。

「本業か。まぁ、こないだの騒動で十分に冒険者として働いたと言えるし、無理する必要もないと思うがな」

ロレーヌが朝食に手を伸ばしつつそう言う。

確かにそうとも言える。

あれは冒険者組合《ギルド》からの臨時依頼扱いになるから、働いていたと言えば働いていたのだ。

「それもそうなんだけど……《学院》に加えて《塔》の人間も昨日、街に来ただろう？　今の冒険者組合《ギルド》がどんな感じか、様子を見ておきたいと思ってな。《塔》の人間ももちろん、迷宮に潜るつもりだろうし」

そう言うと、ロレーヌは納得したようで頷《うなず》く。

「なるほど。《塔》の者たちも《学院》の人間と同様、冒険者を求めに冒険者組合《ギルド》に来るだろうからな……。揉《も》め事《ごと》、とまではいかないにしても、《学院》がマルト冒険者組合《ギルド》に来てからかなり大変だと聞く。気をつけた方がいいだろうな」

「やっぱりロレーヌもそう思うか？」

俺の質問に、ロレーヌは、

「ああ……まぁ、《学院》はなんだかんだ言って生徒が大半だし、教授たちに関しても生徒の保護に重きをおいているから、大した心配はいらないだろうが……《塔》の方はな。どこの国でもああいう連中というのは自分の研究以外見えていない部分がある。私も人のことは言えんのだが……冒険者とは反りの合わないところが少なくないだろう」

「だよなぁ……」

俺もそこが心配で、ちょっと冒険者組合《ギルド》を見に行ってみたい、と思っていたところだったのだ。

双方大人なので、喧嘩《けんか》になんかならないだろう、揉め事など決して起こらない、などと言えればいいのだが、そんな希望通りにいくはずがない、というのはなんとなく想像がつくだろう。

冒険者は叩《たた》き上げの荒くれ者の集団だし、《塔》と言えば良くも悪くも選良だけで構成される世間知らずと見られることが多い。

もちろん、どちらの評価も全て正しい、とは言えないのだが、集団の性質をよく表しているのは事実だ。

今の冒険者組合《ギルド》がいったいどんな状況になっているのか、想像するのも恐ろしかった。

「とはいえ、いきなり殺し合いとかしてるわけもないだろうしな。ま、気楽な気持ちで行ってみればいいさ」

ロレーヌはそう言って笑った。

◆◇◆◇◆

「……んだとてめぇ、もう一度言ってみろ!!」

「何度でも言ってやりましょう！　昨日の探索の失敗はあなた方冒険者が悪いと！　せっかく信頼できる、と冒険者組合《ギルド》に紹介されたというのに、これでは……契約解除です、解除！」

怒号が冒険者組合《ギルド》に鳴り響いていた。

今にも殺し合いでも始まりそうな雰囲気に、俺は頭を抱えたくなる。

「……これは……予想以上だな……」

俺が、冒険者組合《ギルド》に着いて早々、そんなことを呟《つぶや》いていると、

「仕方ないでしょうね。《塔》の人々がいらしてから、ずっと冒険者組合《ギルド》はこんな調子ですよ。そこでやり合っている人たちは……うーん、どっちもどっちなので、そのうち収まると思います」

とことこと気づいて横にやってきたシェイラがそう言った。

「本当に大丈夫なのか？　止めなくても」

もちろん、そこで起こっている言い争いのことだ。

これにシェイラは少し眉根を寄せてから、

「……たぶん」

と心許《こころもと》ない返答をする。

実際、しばらく見ていると、冒険者と《塔》の者と思《おぼ》しき人間との言い争いは徐々に収束してい

き、最後には、

「……いや、申し訳ありませんでした。言い過ぎました。あまり調査の結果が芳しくなくて、気が立っていたのです。昨日は十分にやってくれたと……」

「こっちも怒鳴りすぎた。一人怪我《けが》させちまったのは俺たちの責任だからな……あいつはもう大丈夫なのか？」

「ええ、治癒術をかけ、一日休めば大丈夫だろうと……」

そんな感じに落ち着いていた。

「しかし、こんなのが毎日じゃ、冒険者組合《ギルド》も大変だろう？」

俺がシェイラにそう尋ねれば、彼女は頷いて、

「それはもう。特に、冒険者組合長《ギルドマスター》なんて毎日頭を抱えていますよ」

「ウルフが？　それはまた……」

確かにこんな状態の冒険者組合《ギルド》を切り盛りするのはやってられないだろうな。

迷宮関係の諸々《もろもろ》の仕事に加え、さらに《塔》やら《学院》やらの要求にも応えていかなければならないのだから。

この間からずっと、働きづめと言うことになる。

……死ぬんじゃないか？

そうなると俺の仲間入りか。

あとで死んだ後の心得でも教えてあげようかな……。

などとふざけたことを考えていると、

「……はぁ……ええと、こいつは……こっちで、これは……」

ぶつぶつと呟きながら、上階からウルフが降りてくるのが見えた。

その手にはいくつもの書類や羊皮紙が抱えられ、歩きながらそれを分類しているようだ。

机の上でやれという感じだが、その暇すら惜しいのかもしれない。

そんな彼が、首を痛めているのかぐるぐると首を回して鳴らしたところで、視線が俺のところで止まった。

その視線が、どことなくうれしそうで……こう言ってはなんだが、なんだか少し、いやな予感がした。

◆◇◆◇◆

「……よう、前に会ってから数日しか経《た》ってないが、久し振りな気がするな。レント」

そう言いながら、にこやかな表情でこちらによってくる冒険者組合長《ギルドマスター》ウルフである。

ぱっと見、冒険者組合《ギルド》の最高責任者であるにもかかわらず、その組合員である銅級冒険者にも気を遣い、話しかけようとする良き冒険者組合長《ギルドマスター》風だが、その内実は獲物を見つけた肉食獣か何かのようにすら見えた。

空気というか、表情というか、その辺りから圧力を感じる。

「……では、私は仕事に戻りますので」

俺と同様にそれに気づいたのか、さっさとその場から逃げ出したシェイラである。

なんて薄情な、と言いたくなったが、まぁ、彼女が従うべき一番上の上司であるからして、今俺と一緒に居続ければ、何かの説得を手伝わされるかもしれない、と察したのかもしれない。

そう予測してそそくさと去ったのであれば、むしろ慧眼《けいがん》と言えなくもない……いや、そこまで考えてないか、流石《さすが》に。

「書類ばっかと睨《にら》めっこしてるからそう思うんだろ、冒険者組合長《ギルドマスター》。しかし、本当に随分と忙しそうだ」

ウルフの抱える大量の書類に視線を向けながら、俺がそう尋ねると、ウルフは頷いて、

「ああ、まぁな。《塔》も《学院》も冒険者組合《ギルド》を部下か何かと勘違いしてるみたいでな。仕事が山のように積み上がってきてるんだ」

実際のところ、冒険者組合《ギルド》という団体は、それぞれが存在している自治体……国や地域の管理下にはあるが、全くの行政組織かと言われるとそういうわけではない。

むしろ、独立して存在しているが、国や地域が制限を入れている感じになるだろう。

その気になれば、冒険者組合《ギルド》は全世界規模で活動できる武力団体になってしまうからな。

そうならないように国や地域がコントロールしている……と言われている。

だからこそ、同じ冒険者組合《ギルド》と名乗ってはいても、国を跨《また》ぐと情報の共有がされていないことが多い。

たとえば、俺がこのヤーラン王国マルト冒険者組合《ギルド》の冒険者証を持って、帝国の冒険者組合《ギルド》に行ったとしても、把握されるのは冒険者証に書かれている内容くらいで、他の細かな情報については確認されないというか、出来ない感じになる。

色々と身分について詳しく明かしたくない俺からするとありがたい扱いだが、冒険者組合《ギルド》を実際に切り盛りしている立場からすると、面倒なのだろうな。

ウルフの発言の意味はつまり、国の団体ってわけじゃないのに遣いパシり扱いされるのに腹が立つ、という話なのだろうから。

しかしそういうことなら……。

「忙しくしてるところ、冒険者組合長《ギルドマスター》を俺が独り占めするのは悪いな。冒険者組合《ギルド》の仕事を変に増やすのも申し訳ないし、今日のところは家に戻って、ゆっくりとしていることにするよ……」

そう言って踵《きびす》を返し、冒険者組合《ギルド》の出口に向かおうとした俺である。

けれど、そんな俺の腕が次の瞬間、がしっ、と強力な腕力で捕まれる。

魔物の体になって、だいぶ上昇した身体能力ですら、容易には抗《あらが》えない、かなりのパワーだった。

冒険者がもう出来ないなんて、嘘《うそ》だろうな……とつい思ってしまうくらいの力である。

振り返ると、そこで俺の手をつかんでいるのは、やはり想像通りの人物である。

手に持っていた書類は地面に投げ捨てられ、それをどこからともなくやってきた冒険者組合《ギルド》職員たちが死んだ顔で拾っているのが見えた。

いつものことだ、という諦めからか、それとも今の冒険者組合《ギルド》の激務で顔色にまで影響が出ているからか。

……まぁ、その両方か。

と、俺が答えを出したところで、ウルフが俺に怖い笑顔で言う。

「まさか、この状況で休日を満喫できると思っちゃいねぇよな？　レント……いや、冒険者組合《ギルド》職員、レント・ヴィヴィエ」

小声で俺の名前を言い直した意図など、説明せずとも自明である。

とはいえ、だ。

俺は無駄だろうとは思いつつ、一応言い返してみることにした。

「……無理なときは無理って、断ってもいいって約束だったよな？」

そう、俺が冒険者組合《ギルド》職員などという面倒くさそうな地位につくことを、一応は了承したのは、そういう約束があったからである。

それをよもや約束した張本人である貴方《あなた》が忘れているわけがないだろうな、という意味の台詞《せりふ》だった。

しかしウルフは、ちらっ、と周囲の冒険者組合《ギルド》職員たちに目配せしてから俺に言う。

「……仲間たちがこんなに大変そうにしているんだぞ？　ここは、一肌脱いでやろうっていうのが男じゃないのか？」

ウルフから周囲の冒険者組合《ギルド》職員たちに視線を移すと、全員が泣き出しそうか、懇願するような表情で俺を見ていた。

お前等は劇団か何かか、と言いたくなるような息の合い方である。

もうかなり断りにくい。

しかしそれでも俺は往生際悪く、

「……いや、でもな……ほら、忙しいからこそ、業務に慣れてない臨時の手伝いなんていても足手まといってことも……」

と言い募るも、ウルフは、

「なるほど、それならお前専用の仕事を用意してやればそれでいいわけだな。ちょうどいいのがあるんだ」

といい笑顔で言った。

「……なんでそんなものが」

「別に事前に準備してたとかいうわけじゃねぇぜ？　というより、処理に困ってた話が一つあってな。それだけなんとかしてもらえるだけでも、本当にだいぶ楽になるんだ。助けると思って……頼むって」

と珍しくウルフにしては本当に困ったような雰囲気である。

ここまで言われて、流石に断ろうとはあまり思えなかった。

それに実際問題、今の俺はそこまで忙しくないしな。

だからこそここにやってきたのだから。

まぁ、やらなければならないことはある。

なにせ一度、王都に行かないといけないからな……ある程度落ち着いてから、と思っていたが、この街の状況を見るに、早いところ行っておかなければ時間がどんどんとれなくなってしまいそうだ。

そうなると、俺やロレーヌはともかく、王都のオーグリーに相当な迷惑がかかる。

……今現在進行形でかかっているかもしれないが。

ま、それはまたあとで、ということにしておいて、俺はウルフに言う。

「分かった、分かったよ……で、俺はいったい何をすればいいんだ？」

「おぉ！　流石レントだぜ。詳しい話はここでするのもなんだからな。こっちに来てくれ」

瞬間的に表情を変えて、ウルフは執務室へと進んでいく。

……さっきまでのは演技か……？

釈然としない、そんな思いを抱えながら、俺はそれでも一旦引き受けた以上は仕方ないかと、ウルフの後に続いた。

◆◇◆◇◆

「それで、俺専用の仕事、って一体何なんだ？」

冒険者組合長《ギルドマスター》の執務室に入ると早速、俺は本題に入る。

早いところ、その概要を聞いておかないと不安だった。

別に俺のためにに用意していたというわけではないということだから変に身構える必要はないのかもしれないが、ウルフが半ば冗談交じりだとしても、俺専用、などと言う仕事である。

そこそこの面倒くさい仕事だろう、と推測するのは当然の話だった。

「まぁ、焦るなよ……とりあえずだが、今の冒険者組合《ギルド》の現状はお前も分かってるよな？」

ウルフの言葉に俺は頷き、

「ああ、下の様子を見ればな。一目瞭然だろう」

「だろうな……で、ああなっているのは、《塔》と《学院》にマルトの冒険者を斡旋《あっせん》しているからなわけだが、実際のところ、あれで概《おおむ》ねうまくいっている。向こうからすれば、迷宮の調査に必要な戦力と見張りが得られるわけだし、こっちからすれば金払いのいい王都の連中からむしりとれるわけだからな」

「また山賊のような話だな……」

言い方はともかく、普段、マルトで出されている依頼なんかよりは遥《はる》かに割の良い仕事であるのは確かだろうな。

都会の連中はとかくプライドが高い奴《やつ》が少なくないから、一緒に行動するにあたって、その辺りについての我慢は必要だろうが、それくらいで懐が相当温かくなると思えばむしろその我慢すら心地よく感じるものだろう。

王都とこっちでは物価も違うし、王都と同じ感覚で依頼を出してくるわけだから、報酬は高くなるしな。

マルト冒険者組合《ギルド》の職員たちも、マルトと王都の依頼料の違いなんかはある程度説明するだろうが、それでも依頼料を下げる、ということをしないらしい。

まぁ、《塔》も《学院》も国の運営だからな。

予算はそこから出ていて、変に節約すると次から減らされかねないとか、そういう事情もあるようだ。

加えて、今のマルトは人手が全く足りていないからな。

結構な高値を出さないとそもそも冒険者が依頼を受けてくれない、というのもある。

つまりは、迷宮のお陰でマルトは結構な好景気なわけだな。

もちろん、あんなもの出来ずに、誰も死なない方がよかったに決まっているが、不幸中の幸いというか、転んでもただでは起きるつもりはないというか……。

後ろを振り向いていては、この厳しい世の中では生きてはいけないということだろう。

特に辺境の人間はその辺りたくましい。

「だから、《塔》や《学院》のほとんど全ての依頼に適切な冒険者を斡旋できたんだが、流石にここまで忙しいのは普段じゃあり得ないから、どうにもこうにも人数が足りなくてな。一部、冒険者組合《ギルド》職員にも依頼を片づけさせてるんだ」

それはそれほどは行われないことだが、場合によってはどこでも行われていることだ。

今回のように人手が余りに足りない場合とかな。

普段、普通に片づけられている低額の薬草採取の依頼とか、こういうときは後回しにされてしまうことが多い。

やっぱりとりあえずは儲《もう》かる仕事に飛びつくものだからな。

暇になってくると徐々にそういう依頼も片づき始めるので、基本的には放置だが、それをすることによって後々結構な問題になるかもしれない、と予測される場合には冒険者組合《ギルド》から人手を出して片づける、ということも稀《まれ》にある。

まぁ、それでもそこまでするかどうかは冒険者組合《ギルド》や冒険者組合長《ギルドマスター》の性質にもよるが、マルトはウルフが冒険者組合長《ギルドマスター》だからな。

その辺り、気を配っているのだろう。

ここまで話が来れば、大体何を頼みたいのかは分かってくる。

俺はウルフに尋ねる。

「それでも片づかない依頼を、俺に片づけてくれってことか？　雑用仕事なら得意だから別に構わないが……」

こういうときに余っている依頼は、マルトでは俺が優先的に片づけていたからな。

と言っても慈善というわけではなく、慣れると手早く片づくために意外と儲かるためだ。

十年選手だった俺の処理速度は普通の冒険者の数倍にもなる。

単純な雑用依頼でも、俺の手元には銀貨が結構入ってくるのだ。

それならみんなそうすればいいだろ、となるような気もするが、普通それだけ長い間冒険者をしていればもっと割のいい仕事を片づけられるようになっているものだからな。

つまり、ぜんぜん強くなれなかった俺みたいな冒険者に特有の金の稼ぎ方だった、というわけだ。

「あぁ、それもある」

「それも？」

つまり、本題ではない、ということか。

まぁ、最初、下でウルフが俺に言ったのも、処理に困ってる話が一つある、だったもんな。

雑用依頼をまとめて、ということだったらそんな言い方はしないか。

ウルフは続けた。

「その辺りの雑用依頼関係については、時間があるときにちょろちょろ片づけておいてもらえると助かる。が、本題はそれじゃなくてな……冒険者組合《ギルド》職員に依頼を片づけさせてるって言ったろ？　結果として、本来の冒険者組合《ギルド》の仕事の方にしわ寄せが来てしまっててな……これ以上はもう、仕事を抱え込むのは無理なところまで来ている。それなのに、だ。ここに新しい迷宮が出来たって話が、一番耳に入れたくない人の耳に入っちまってな……その人をちょっと迎えに行かなきゃならなくなった」

マルト冒険者組合長《ギルドマスター》ウルフが、迎えに行かなければならない人……と言われると、まぁ偉い人なんだろうな、というぼんやりとした想像がつく。

しかしそういうことなら……。

「ウルフが自分で行けばいいだろ？」

そう言ってみたが、ウルフは首を横に振って、

「お前、この書類の量見て、もう一度同じことが言えるのか？　あぁ？」

とブチ切れ気味で言われた。

……まぁ。

確かに執務室に入ってみてまず思ったのは、ここは紙の地獄だろうかという感想だったからな。

ウルフの目が血走っているのは、何も腹を立てて、というわけではなく、単純に寝不足だろう。

体力の権化のようなこの男がこれだけ限界に近づいているのは……なんというか、かわいそうな気がした。

「……いい、哀れむような目で見るな。それなら、俺の頼みを聞いてくれ」

ウルフが俺の妙な視線に気づいたらしく、手をうっとうしそうに振りながらそう言った。

……まぁ、話の内容も予測に反して大したことじゃなかったしな。

それくらいなら、と思って俺は頷く。

「別に誰か人を迎えに行くくらいなら構わないぞ」

ただ、問題というか、聞かなければいけないことがあったな、と思って俺は尋ねる。

「で、その迎えに行かなきゃならない人って、誰だ？」

肝心なその点について触れると、ウルフは少し苦々しそうな顔で、

「……ヤーラン王国、総冒険者組合長《グランドギルドマスター》だ」

そう言ったのだった。

◆◇◆◇◆

「……総冒険者組合長《グランドギルドマスター》……？　おい、それ、ヤーラン王国の冒険者の元締めじゃないか。俺に任せるのは、ちょっとおかしくないか？」

もちろん、冒険者組合長《ギルドマスター》であるウルフが、わざわざ迎えに行けと言うのだ。きっと偉い人だろう、とは思っていたがいくらなんでも偉すぎるだろう。

俺のような下っ端に任せていいのか、と瞬間的に思った。

しかしウルフは、

「別に戦ってこいとか、冒険者組合《ギルド》の改革を提案してこいとか言ってるわけじゃねぇんだから、問題ないだろ？　ただ会って、ここに連れてくるだけだぜ。それがそんなに無茶な話か？」

と何でもないことのように言う。

……まぁ。

確かにそう言われると……そうかな？　という気もしないでもない。

むしろ、下っ端冒険者組合《ギルド》職員の俺がやるには適切な仕事のようにも思える。

ウルフは続ける。

「お前の言うことも少しは分かるぜ。総冒険者組合長《グランドギルドマスター》なんて、普通の冒険者からしたら雲の上の人だからな。だがなぁ、さっきも言ったが、俺にはこの書類の山がある。それに、書類以外にも仕事が山積してて……マルトをそうそう離れるわけにはいかねぇんだよ。それは分かるだろ？　まぁ、

お前が次期冒険者組合長《ギルドマスター》になってくれるってんなら、全ての仕事の基本をたたき込んだ後、お前にこのマルト冒険者組合《ギルド》を任せた上で、俺が総冒険者組合長《グランドギルドマスター》を迎えに行っても構わないんだが……そうするか？」

それは恐ろしい話であった。

流石に冗談だろ、と思うが……ウルフの表情を窺《うかが》うと怪しげに微笑《ほほえ》んでいる。

どちらとも取り得る、判断の難しい表情だ。

返答を間違えると本気でそんなことをしかねないところがあるのは分かっているので、俺は即座に断る。

「いや、謹んでご遠慮します……はぁ。分かった、俺が行くよ。迎えにさ。でも、総冒険者組合長《グランドギルドマスター》って王都にいるんだろ？」

そう、まさかそんな重要人物がその辺の村にいるわけもなく、ヤーラン全ての冒険者組合《ギルド》をまとめる男なのだからして、当然、その中心部である王都が仕事場のはずだ。

実際、ウルフも頷いて、

「ああ、だからそこまでちょっと行ってきてもらうことになるな。ちょっとって距離じゃねぇかもしれねぇが、別に国を跨げと言ってるわけじゃねぇんだ。速い《馬》に乗れば一週間もあれば着くだろうさ。都合大体、二週間の拘束になるから……報酬は弾むぜ。職員としての仕事だが、お前はあくまで臨時だからな。働いた分、しっかり報いるつもりだ」

だいぶ待遇もいいようである。

しかし、王都までか……。

あの古代王国跡の転移陣を使えばそれこそ一日とかからず行けるが、今回それは出来ない。

なぜなら、迎えに行って、王都からここに連れてこないといけないのだからな。

まさか総冒険者組合長《グランドギルドマスター》を転移陣に連れては行けない。

会ったこともない人なのだし、どの程度信用できるのかもさっぱりだしな。

ウルフはかなりの信頼を置いている、と聞いたことがあるが、やはり人間というものは実際に自分の目で見て接してみないと、その性格は分からない。

だから転移陣ではなく、まっとうな手段で行かなければならない、ということになる。

相当に面倒だが……考えようによっては王都に行くのは悪くない、かな。

そもそも、俺には王都に行く用事があるのだから。

以前、王都ヴィステルヤで行きがかり上、助けることになってしまったあの主従を訪ねないとならない。

数日したら訪ねる、なんて言ったけど、それより時間が経ってしまっているからな……。

冒険者だと言っておいたから、その辺りについては許してもらえることを期待しておくしかない。

それか、オーグリーがうまいことやってくれるかだな。

まぁ、今のうちに頑張って言い訳でも考えておこう。

たとえば、このマルトに迷宮が出来たことなんてちょうどいい言い訳になるかもしれない。

冒険者として！

どうしても新たに誕生した迷宮を見たくて！

お分かりいただけますでしょうか！

……押し切れるかな？

無理そうだ。

その辺は助けた強みでなんとか頑張ろう。

そこまで考えたところで、俺はウルフに言う。

「なら、さっそく明日にでも出発することにするよ。馬車の方も手配しないとな……」

「お、受けてくれるのか……助かったぜ……」

ウルフのその声に、ひどくほっとした雰囲気があるのは、やはりいくら忙しいとはいえ、総冒険者組合長《グランドギルドマスター》に不義理を働くのは申し訳ないと考えていたからだろうか。

まぁ、噂《うわさ》で聞くに、ウルフは冒険者として活動することが難しいほどの重傷を負ったあと、総冒険者組合長《グランドギルドマスター》に拾われて今の地位についたということだからな。

そりゃ、かなりの恩を感じていても全然おかしくはないな……。

それから、ウルフは言う。

「ああ、馬車の方は、こっちで手配しておくから、レント、お前は今日のところは荷造りだけしておいてくれればいいぜ。あと、向こうの冒険者組合《ギルド》で総冒険者組合長《グランドギルドマスター》に面会するために必要になるだろう書類関係もしっかり用意しておくからよ」

「忙しい割に、ずいぶんと至れり尽くせりじゃないか？」

猫の手も借りたい忙しさのはずなのに、かなり細かいことをやってくれるな、と思っての台詞だった。

ちょっと変な気がしたのだ。気のせいかな。

これにウルフは、

「流石にいきなりマルトのただの冒険者がやってきて会ってくれるほど、総冒険者組合長《グランドギルドマスター》は暇じゃないからな。そのための書類の準備くらい当然だろ。俺しか用意できないし、これぱっかりは忙しくても仕方がねぇ。馬車の方は……まぁ、それくらいしか出来ねぇからな。せめてもの心遣いって奴だ。本当は受ける必要のねぇ頼みを聞いてもらってるわけだからな」

そう答えた。

かなり無理矢理俺に要求を呑《の》ませているようでいて、結構細かく気を遣ってくれているのはウルフらしいか。

俺は素直に彼の言葉を受け入れて、

「……そうか。ま、そういうことなら、ありがたく受け取っておくことにするよ。じゃ、俺は戻るから」

「ああ、頼むぜ」

それから事務的な細かい話をした後、俺は執務室を出て行った。

◆◇◆◇◆

がちゃり、と執務室の扉が閉まる。

それを、マルト冒険者組合長《ギルドマスター》ウルフはほっとした様子で見つめていた。

それから、扉の向こうから、骸骨仮面の男の気配が完全に消えたのを確認し……。

「……ふぅ。はらはらしたが、うまいこと押しつけられたか。あいつあれで勘が鋭いからな。どこで突っ込まれるか不安だったが……いい方に解釈してくれたらしい。助かったぜ」

そう不穏な独り言を述べ、続けて、

「健闘を祈るぜ、レント。俺は暇でも行きたくなかったくらいだからな……」

そう言い、それから部屋の中に積み上がった書類の束を机の上に載せて、仕事に改めて取りかかったのだった。

◆◇◆◇◆

「ええと……主武器の剣だろ、はぎ取り用の短剣……着替えに、干し肉、塩……その他諸々、全部あるな。よしよし」

ロレーヌの家で、持ち物を全部広げながら頷く俺。

もちろん、全部と言っても魔法の袋に入っている全て、というわけではなく、明日から始まる王都への往復の旅に必要なもの全部、ということだ。

今の俺の魔法の袋、容量が大きいから無駄なものが大量に入っているんだよな……。

どっかで拾ったきらきらする石とか、見た目のかっこいい流木とか。

何の役に立つのか、と聞かれたら困るが、まぁ……もうものが入りきらないとなったらそのとき捨てるからいいのさ。

「……うきうき明日からの準備をしているところ悪いんだが、怪しくないか？」

ロレーヌが家の柱に寄りかかりながらそう言ってくる。

この、怪しい、というのは俺のやっていることが怪しい、と言いたいわけではなく……。

「……まぁ。色々な。分かってるよ」

「だとしたら何故《なぜ》すんなり受けて帰ってきたのか……」

ウルフからの依頼のことについてである。

若干呆《あき》れたようでいながら、しかし俺がやりそうなことだと諦めているようでもあるロレーヌである。

俺は言う。

「王都にはどうせ行かないとならないだろ？　用事もあるわけだし。それに、ウルフには色々迷惑をかけているわけだからな……。たまには頼みを聞いてもいいだろうと思って」

「たまにどころではなく、結構聞いている方だと思うがな」

「そうか？」

……そうかもしれない。

まぁ、人間持ちつ持たれつである。

いつかこうやってウルフに売りつけておいた恩が、うまいこと返ってくる日もあるだろうし、そのための種まきだと思えば悪くはないだろう。

俺は人間じゃないけどな。

「そうだろうが……しかし、総冒険者組合長《グランドギルドマスター》か。帝国のは会ったことがあるが、ヤーランのは見たこともないな」

「そうなのか？　銀級なら一度くらい、と思ったが」

「ヤーランではどうなのか知らないが、帝国の総冒険者組合長《グランドギルドマスター》が直々に会うとすると、それは金級より上だからな。私が会ったことがあるのは、あくまで学者としてのことだ。そのときも、護衛にいたのは金級だった記憶があるぞ」

「なるほど……」

国内の冒険者の元締めなのだ。

金どころでなく、白金《プラチナ》や神銀《ミスリル》の冒険者を護衛につけるべきでは、と思うがそこまで格が高い冒険者は冒険者組合長《ギルドマスター》とどちらの重要性が高いのか判断が難しくなってくるからな。

ウルフのように元冒険者、という肩書きの冒険者組合長《ギルドマスター》も少なくないとはいえ、あくまでも事務方の長であり、英雄であるということは稀という感じだろうか。

加えて白金《プラチナ》や神銀《ミスリル》の冒険者となると、言っては何だが、性格的にあれな人々が多いので……冒険者組合長《ギルドマスター》が命令したからって聞くとは限らないし、聞かせる手段もないという話になる。

ニヴ・マリスを思い出してほしい。

あいつは金級だが、いずれ白金《プラチナ》になる女だ。

ああいうのばかりだと思えば、その内実も分かろうというものだ。

……俺って何に憧れてるんだっけ？　とちょっとだけ思わないでもない。

いや、人格者の、すばらしい神銀《ミスリル》級だっているんだけどな。

それこそが俺の憧れるものである。うん。

「……ちなみにだが、ロレーヌはウルフからの依頼について、何が怪しいって思うんだ？」

それを聞いたからって別に受けないことにする、ということにはならないが、参考としてである。

これにロレーヌは、

「色々とあるが……そもそも総冒険者組合長《グランドギルドマスター》なら自分の足で、ここに来ればいいんじゃないのかというのがあるが……。それこそ金級でも護衛に引き連れて、豪華な馬車で、とかな」

確かにそこまでとは言わないが、貴族なんかはそうやって王都からたまに来たりする。

そのように来るのが、まぁ、なんというか普通である。

ただ、これについては……。

「一応、マルト冒険者組合《ギルド》から王都の本部にまず現状のマルトについて直接、報告を上げたいって話だったぞ。手紙で定期的に報告はしているそうだが、細かいことはマルトにいる奴から対面で報告を受けた方が分かりやすいからって。で、俺がその際に、新迷宮について色々と問題があるかもしれないから、総冒険者組合長《グランドギルドマスター》にマルトにお越しくださいって要請を出す、っていう流れがあるって話だ」

「要は形式の話か？」

「まぁ、そういうことだってウルフは言っていたな。総冒険者組合長《グランドギルドマスター》ともなると、しがらみが多いから簡単には王都を離れられないんだとさ。だから対外的な分かりやすい理由付けがいるって」

「……分からんでもないが、若干弱いような……」

一応は納得できる理由を言ったつもりだが、ロレーヌ的にはまだ、しこりが残っているらしい。なんだよ、わがままな奴め、と思うところかもしれないが、実際のところ、これは俺も同感だった。

「……だよな。なんだかこじつけのような気が……」

「他に理由がある、と。お前もそう思っているわけだ」

「勘だけどな。ただそれが何なのかはよく分からん。ただの気にしすぎかもしれないし、そうじゃないかもしれないし……こればっかりは行ってみないと」

実際に王都に行ってみれば否応《いやおう》なく分かることだ。

もう行くことは決めてしまったわけだし、気にしてもしょうがないと開き直っている部分もある。

そんなことをロレーヌに言うと、

「ま、お前が納得しているならそれでよしとするか。あとは……以前の、王都での約束のことだな」

「あの王女さまを助けたことだろ？　俺とオーグリーだけで王城に行ってもいいんだが、そうするともう一人冒険者がいただろう、連れてこいって言われそうだしな。ロレーヌも来た方がいいだろうと思うが、どうする？」

「また旅をしてもいいとは思うが……リナのことがあるからな」

◆◇◆◇◆

リナのこと、つまりロレーヌが言うのは、不死者《アンデッド》と化した彼女を一人、このマルトに置いていくのは不安がある、ということだ。

しかし、これについては……。

「そんなに長く留守にするつもりでもないからな。イザークにフォローを頼んでおけばそこまで問題視する必要もないんじゃないか」

完全に同じもの、とは言えないが概ね似たような存在である吸血鬼《ヴァンパイア》のイザークがこの町にはいる。それに加えて、今は眠っているが、おそらくは物凄《ものすご》く強いだろうラウラがこの都市マルトを裏から牛耳っているのだ。

……なんだか、考えてみるといつの間にか俺って悪の組織の一員みたいになってないか？

という気がしてくるが、ラウラもイザークもその身は魔物のものであっても、その心は悪人ではない。

なんていうか、昔は暴れ回ってたが丸くなった近所のおじさんみたいな、そんな存在である。たぶん。

イザークはあのシュミニと仲間だったわけだし、その暴れ具合は街の不良相手に愚連隊を組んでいた程度の街のおじさんと比べるのはいろんな意味で問題かもしれないが、概ね似たようなものだろう……違うか？

ともあれ、どっちも今は人を無闇矢鱈《むやみやたら》に襲ったりはしない、という点では共通である。

無闇でなかったら襲うのか、と言われると……まぁ、吸血鬼《ヴァンパイア》だからな。

ある程度は仕方がない部分はあるだろう。

ただ、それほど血は必要としないということだったし、この街で行方不明者が定期的に続出、なんてこともない。

シュミニ関連とか、何らかの他の理由でそういうことがあったことはあるが……イザークたちは何十年、何百年単位でここにいるのだろうから別問題だろう。

そんな彼らであるから、リナのことをある程度任せても大丈夫なはずだ。

「とりあえず、リナについてはそれでもいいか。ただ、アリゼのこともある」

ロレーヌが魔術を、俺が冒険者の技術について教えている、孤児院の子供である。

しかし、アリゼについても結構気の長い話というか、今日明日にも魔術師や冒険者として大成してもらわなければということでもないからな。

「そっちについては、リナに頼んでみてもいいんじゃないか？」

ふとそんなことを思って提案してみた。

リナもあれで冒険者である。

身体能力も上がり、人ならざる能力も身に付けて、ここのところ、めきめき実力が上昇している新進気鋭の……は流石に言い過ぎか。

ただ、魔術も、冒険者としての技術も、アリゼよりは遥かに上だ。

だからこその提案だった。

これにロレーヌは少し面白そうな表情をし、

「なるほど、それもいいかもしれんな……。リナも後輩が欲しそうな顔をしていたことだし」

そう言った。

いつそんな顔をしたのか、と言えば、リナにはここのところ、一人で、というか俺の使い魔、エーデルと一緒に《水月の迷宮》に一日中潜らせたりとかしていてな。

リナにはもう、しっかりパーティーメンバーがいるわけだが、彼らはまだ、冒険者として十分に働ける、というほど体力が回復していない。

その間、少しでもリナに実力をつけさせようと思って鍛え上げているわけだ。主に時間帯は夜なので、一応、このロレーヌ宅の居候の一人である彼女の姿を夕飯時に見かけないのはそのためだ。朝はいるんだけど。ちなみに俺と同じでほとんど眠らなくても問題ない体になっているからこそ出来ることだ。普通の人間は、まねしてはいけない。

それで、ロレーヌが魔術を、俺が剣術やら冒険者として気にすべきことやらを教えているわけだが、なんだかんだ言って冒険者が実力を一番つけられるのは実戦だからな。

これぱっかりは、実際に魔物と戦って命の取り合いをしなければ身に付かない部分がある。

だからこその、迷宮探索だ。

もちろん、本業として、リナには稼ぎ方も身に付けてもらわないというのもある。

今の彼女なら、力押しでもある程度稼げはするだろうが、効率的な稼ぎ方というのがあるからな。

何があっても食いっぱぐれない技能は必要である。

それはただの腕っ節だけではなく、どう魔物を解体するのがいいかとか、どの部分が高く売れるかとか、そういう知識面の話もある。

そのためには、迷宮に潜って頑張るのが一番なのだ。

ただ、本当に一人で潜らせるのも心配だったからな。

エーデルをお目付役というか、臨時パーティーメンバーとしてつけた。

リナにしろエーデルにしろ、形式的には概ね、俺の使い魔扱いだからな。

相性はいいだろうと思った。実際、一人と一匹でちゃんと迷宮を攻略している。

だが、エーデルの方が俺の使い魔的には先輩に当たる上、もともと魔物だからか、魔力などの力の扱いもこなれているので、リナはまだまだ力の足りない後輩扱いらしい。

迷宮から戻ってくると、リナは少しばかりそんな話を愚痴交じりにし、自分にも後輩が出来る日が……みたいなことを語るわけだ。

ただ、その視線がなぜか俺を見て、期待しながらなのは勘弁して欲しいと少しだけ思わないでもない。

まるで弟や妹を欲しがる子供のようである。

使い魔はそうぽんぽん出来るものではないのだ。

そういうことを言うと、がっかりとされるのだ……俺は別に悪いことをしていないはずなのに、なぜか申し訳ない気分になる。

ただ、そこのところ、解決してくれそうな貴重な人材がアリゼ、というわけだ。

彼女はもちろん、使い魔などではなく、歴《れっき》とした人間の子供であるので、厳密な意味ではリナの後輩にはならないかもしれないが……いずれ魔術師や冒険者の道に進むということを考えれば、後輩と言って差し支えないだろう。

「これで、俺に弟妹を強請《ねだ》る子供のような視線も向けられなくなりそうだ、とか思っていないか？」

ロレーヌが笑いながらそう言ってきたので、

「……まぁ、それもある」

と答えざるを得なかった。

「ふふ……とはいえ、悪くない話だ。もちろん、リナも冒険者としてはまだまだだが、何も一緒に迷宮に潜れと言う話ではないからな。ここに通いで来るアリゼに少し先輩として教えてやってくれないか、と言えば喜んでやってくれるだろう」

「だろうな……ってことで、問題は大体片づきそうだ。ロレーヌも王都に？」

「ああ、ついていくことにしようか。いざとなれば、王都に着けば一瞬で帰る手段もあることだし、な」

それはもちろん、転移魔法陣のことだが、最後の手段である。

そうそう、使うような緊急事態はないだろうし、普通に馬車で帰ってくることになるだろうな。

◆◇◆◇◆

「さて、リナ。準備はいいか」

ロレーヌがそう尋ねる。

何の準備かと言えば、彼女の〝後輩〟に会う準備だ。

昨日、夜に冒険者組合《ギルド》から使いが来て、馬車の手配が済んだ、ということだった。

出発の時間は午後から、というだいぶ遅めにとってもらえた。

おそらく、ウルフが気を遣ってくれたのだろう。

急な話だし、それくらいの時間的余裕は必要だ、と考えたのかもしれない。

実際、色々とやることがあって、午前いっぱいは出発できそうもないのでありがたい話だった。

その用事の第一が、これ。

リナをアリゼと対面させ、俺とロレーヌが不在の間、冒険者と魔術師としての修行をリナに任せることを相談するためだ。

相談と言ってもほとんど決まったことだが、リナにしろアリゼにしろ、とてもではないが相性が悪く、そんなこと出来ないと言うのなら無しにするつもりではあった。

その場合は申し訳ないが、二週間、アリゼの修行はお休みになるが……まぁ、そうなったらそれはそれで、という感じだ。

そこまで厳密に決めてやってるわけでもないことだしな。

「は、はい……準備、良いです！」

良さそうにはとても聞こえない。

ちなみに今は、マルト第二孤児院、その応接室までやってきて、アリゼの到着を待っているところだった。

どうも院長のリリアンによれば、彼女は今、買い出しに行っているらしく、少ししたら戻ってくるという話だったので、待たせてもらっているのだ。

その間にリナに心の準備をしてもらっていたのだが、あんまり出来ている感じではない。

そんなに緊張するようなことでもないような気がするが……まぁ、彼女にとっては初めての後輩なのだから、と思えば分からないでもないかな。

そんなことを考えていると、

——コンコン。

とノックの音がしたので、

「入ってくれ」

と俺が言う。

若干偉そうかもしれない。

……いや、俺に威厳なんかないか。

一人で勝手に落ち込んでいると、失礼します、という言葉とともに、扉の向こうからアリゼが現れる。

俺とロレーヌの顔を見て、ほっとした顔をするが、見覚えのない顔も見つけて少し、怪訝《けげん》そうな顔をする。

「なんだ、レントとロレーヌさんじゃない。お客様だって言うから、緊張しちゃった」

アリゼはそんなことを言うが、それほど緊張していた感じはしない。

どっちかというと、よそ行きの顔をしていたという雰囲気だった。

リリアンは誰が来たのか、はっきり伝えなかったのかもしれない。

それか、他の子供に伝言を任せたか。

……後者かな。

院長であるリリアンは忙しく、そのくらいの伝言のためにずっと待っている、というわけにはいかない人である。

相手が俺たちだ、というのもあるだろう。

あんまり気を遣わないでくれ、とは言っているし、アリゼとは勝手知ったる仲だからな。

「一応お客様ではあるぞ。まぁ、様をつけられるほどの存在かと言われるとあれだが」

「ロレーヌさんは偉い魔術師様だからさん付けよ。レントは……レントだからね」

と明確に区別してくるアリゼであった。

ひどい話である。

とはいえ、親しみを感じてそんな口調になっているのは明らかなので別に咎《とが》めはしない。

ロレーヌについても本人は別にさんなどいらないと頻繁に言っているが、俺と違って彼女には威厳があるからな。

どうしても抜けないようだ。

学者という地位も作用して余計にそうなっているのかもしれなかった。

対してただの冒険者というのは気安いものだからな。

敬称など滅多に使わないので問題はない。

「……どういう意味だ。まぁ、別にいいんだけどな」

「いいんじゃない……ところで、あの、そっちの人は？」

アリゼがおずおずと、そう尋ねてきた。

かなり気になっていたらしい。

俺とロレーヌに気安い態度で喋《しゃべ》っていたが、それも初対面の人間がいるから緊張をほぐそうとそうしていたのかもしれなかった。

「あぁ、そうだったな。こちらはリナ。それで、リナ、この少女がアリゼだ」

ロレーヌが端的に説明するが、少し説明が足りない。

しかしそれは不親切、というわけではなく……。

「……リナ・ルパージュです。鉄級冒険者で、ロレーヌさんとレントさんの……弟子？　みたいなものをやってます」

リナが棒のようにぴょんと立ち上がり、そう言った。

それに少しふっと笑ったアリゼは、

「アリゼです。この孤児院の子供で……レントとロレーヌさんに冒険者としての技術と魔術を教わっています」

と自己紹介した。

つまり、ロレーヌの言葉足らずは二人に自分で自分のことを説明させるため、だったわけだな。

「ま、つまり二人は我々の弟子同士だというわけだ。兄弟子弟弟子、ならぬ姉弟子妹弟子の関係にある。どっちがどっちか、と言われると……微妙なんだがな」

ロレーヌがそう言った。

確かに言われてみるとそうだな。

早く弟子になった方が姉弟子だというのなら、アリゼの方がそうだが、実力的にはどっちだ、と聞かれるとリナである。

より深く事情に首を突っ込んでいるのも、リナだな。

そして年齢的にも当然リナだが……。

「あんまりその辺は気にすることもないだろ」

俺がそう言うと、ロレーヌも頷き、

「まぁな。ともあれ、今日は二人に顔を合わせてもらうために来たんだ」

そう言った。

アリゼは首を傾《かし》げたので、俺は言う。

「実のところ、しばらく俺とロレーヌはこの町を留守にするんだ。と言ってもせいぜい二週間前後になると思うが……その間、アリゼの指導が出来ないからな。リナと一緒に修行をしてもらおうと思って来た」

「えっ。どこに行くの？」

そう尋ねてきたので、俺は答える。

「王都ヴィステルヤだな……何か土産でも買って来ようか？」

「王都……そうね、何かおいしいものを……孤児院のみんなに」

自分に、と言わない辺り、アリゼには思いやりがあるというか、しっかり孤児院のお姉さんをやっているなと思わざるを得ない。

俺は頷き、

「分かった。ところで、今の話はどう思う？　とりあえずの提案で、無理にというわけじゃないんだが……」

「うーん……ちょっと二人で話をさせてもらえる？」

アリゼがそう言ったので、俺とロレーヌは顔を見合わせ、それから俺がリナに、

「じゃあ、俺たちは一旦席を外した方がいいかもな。リナもそれでいいか？」

そう尋ねた。

「はい。私は構いませんよ。アリゼちゃんもそれでいい？」

「ええ」

二人でそう言ったので、俺たちは応接室を一旦出ることとなった。

◆◇◆◇◆

「……おや。お二人とも、どうされたんですか？　アリゼと何かお話があるということだったと思ったのですが……」

応接室を出ると、院長室から出てきた、孤児院の院長であるリリアンがそう俺たちに話しかけてきた。

以前は病にかかって臥《ふ》せっていたが、今はそのときの面影のまったくない、ふっくらと健康そうな姿で少し安心する。

「あぁ、これはですね……」

リリアンの言葉に、ロレーヌが経緯を説明すると、彼女は頷いて、

「そういうことでしたか。確かに、そのようなことは相性が大事ですものね」

と納得したようである。

「リリアン殿から見て、大丈夫だと思いますか？」

ロレーヌがリナとアリゼの相性について、尋ねてみる。

と言っても、そんな完璧な回答を求めているわけではなく、ただの世間話としてだろう。

リリアンがリナと会ったのは今日が初めてだからな。

それも、孤児院に入ったとき、ちらっと会話した程度である。

人となりについて分かるはずも……。

しかし、

「そうですね……リナさんは、かなり素直で純粋な娘に思えますから、アリゼと相性は悪くないのではないかと思いますよ。アリゼはどっちかといいますと、少しひねくれている部分がある娘ですけど、心は優しい子です。変に真面目な方よりも、リナさんのような人の方が気楽に接することが出来るのではないかと」

と、少し考えつつではあるが、俺やロレーヌから見てもなるほど、と思うようなリナ評をくれた。

「とてもよく納得できるお話ですが、リリアン殿はリナとは今日初めて会ったのでしょう？　それですのに、よくそこまで分かるものですね」

ロレーヌからすると驚きのようで、感嘆をこめて、彼女はそう言った。

これにリリアンは、

「これでもこの孤児院で院長をして長いですからね。若い子の性格や考えは、一目見ればなんとなく分かることが多いです。もちろん、そうでない場合も多くありますので、決めつけるのも良くないと思っていますが……リナさんは本当に素直そうですし、アリゼはそれこそ付き合いが長いですから」

そう答えた。

孤児院長としての経験が、他人の人となりを見抜く技能を彼女に与えているのだろう。

こういう対人能力は俺には欠けているところで、ちょっと分けてくれやしないかと思ってしまう。

やっぱりぼっちで迷宮の暗がりで生息していたスライムのような存在である俺に、そんな技能が身に付くはずがないからな……。

ちなみに、ロレーヌは意外とコミュニケーション能力がある方だ。

このマルトに来たばかりの頃は世間知らず感満載で、そうでもなかったんだが、この十年ですごくこなれたというか……。

理由はよく分からないが、やっぱり地頭の出来が違うとそういうところまで吸収力が違うのかもしれない。

「……ま、リリアン殿にそんな風に言ってもらえるなら、安心だな」

「そうですか？　心配するとしたらつまらないところで喧嘩しそう、というのもありますけど」

俺が一安心だ、と言った途端にそんなことをいたずらっぽく言い始める辺り、この人も結構な人だと思ったが、リリアンはそれからふっと思い出したように、

「ああ、そうでした。お二人は王都に行かれるということでしたが……」

と話を変えてくる。

真面目な様子だったので、俺たちは居住まいを正し、

「ええ、そうですが、何か……？」

ロレーヌがそう言って話を促す。

するとリリアンは、少し慌てたように両手を振り、

「ああ、いえいえ、そんな大した話ではないので軽く聞いていただきたいのですが……もし少し、王都で時間があるようでしたら、東天教の教会施設に手紙を届けていただけないかと思いまして。もちろん、報酬は相場通りにお支払いしますので……」

そんなことを言ってきた。

軽く、とは言ったが、仕事の話である。

真剣に聞かなければならない。

ただ、魔物の討伐とか護衛とかと比べれば、命をそこまで賭けなくていいだけ、気が楽な方の仕事になるだろうが。

それでも全く危険がないわけではない。

マルトから王都まで、距離が長いからな。

盗賊や魔物の危険というのはいつでもあるのだ。

しかし、それは今回、王都に行く俺たちにとっては当然織り込み済みの危険であって、それが増えるわけでもない。

だからこれくらいの仕事は、受けても構わないだろう。

とはいえ、少しロレーヌと相談してみる。

「……時間、あるかな?」

「まぁ……王都にある東天教の教会施設……大聖堂は冒険者組合《ギルド》ともそれほど離れていないし、手間も大してかからんだろう。最悪、一日取られたとしても、今回のウルフからの依頼は一刻を争うという性質のものでもないだろう？」

「まぁ、そうだな。大体一週間で王都に着くっていっても、一日二日ずれることは最初から分かっていることだし……なら、問題ないか」

「と、思っていいのではないかな。まぁ、私は依頼を受けていないのだし、最悪私が一人で届けに行ってもいいわけだしな。あまり心配はいらないだろう」

「それもそうか」

今回の依頼を受けたのは俺で、俺が自分の依頼を片づけている間、ロレーヌが手紙を届けに行けばそれで良くもある。

話がまとまったところで、ロレーヌがリリアンに言う。

「……レントの方は一応、依頼があるので時間が取れるかどうかは分かりませんが、私でよければそのご依頼、お受けします。冒険者組合《ギルド》を通す時間もないので、個人的にということになりますが、いかがですか？」

俺の方について、時間が取れるかどうか分からない、と言ったのは一応、念のためであろう。

まぁ、十中八九取れるだろうが、絶対とは言えないからな。

ロレーヌなら確実だ。

これにリリアンは、

「もちろん、それで構いません。ロレーヌさんには、アリゼがお世話になっていますし、信頼がありますので……。では、お帰りの時までに手紙の方は用意しておきますので、そのときに執務室にお寄りいただけますか？」

「ええ。分かりました」

◆◇◆◇◆

「……あっ、いたいた」

リリアンとの話が終わり、とりあえずと思ってロレーヌと孤児院の礼拝堂で待っていたら、入り口の方からそんな声が響いた。

振り返ってみると、そこにはアリゼとリナがいた。

「どうやら話は終わったようだな」

「そうみたいだな……」

ロレーヌと顔を見合わせ、そんなことを言い合いながら立ち上がる。

二人のところに寄ると、どちらとも比較的明るい顔をしていたので、話し合いは悪くない結果に落ち着いたのだろうと想像がついた。

「もういいのか？」

ロレーヌが二人にそう尋ねると、二人とも頷く。

「はい！　一緒に修行がんばろうねってことになりました！」

リナが底抜けに明るい雰囲気でそんな風に言う。

一緒に修行を頑張ると言うより、リナがアリゼに教えるんだけどな、と思うが、それも一緒に頑張る内に入るか……。

なんだかリナの口からそう聞くと、教えると言うより二人で遊んでいる図しか頭に浮かんでこない。

もちろん、今まで冒険者としてしっかり修行はしてきたのだろうし、最近の俺やロレーヌとの訓練だってまともにやっているのだから、そんなことにはならないだろうが、なんでだろうな……イメージかな。

「そうか……ちなみに、どんな話をしたんだ？」

ロレーヌが続けてそう尋ねると、アリゼが、

「それは……秘密」

と言ったので、ロレーヌが首を傾げて、

「なぜだ？」

と尋ねる。

これにアリゼは俺の方を一瞬見たので、それをめざとく見つけたロレーヌが、俺にジェスチャーで遠くに行くように指示する。

俺はそれに黙って従い、礼拝堂の端っこに座り込んだ。

そして、なんだよ、俺、仲間外れかよ……と思いながら、三人で話し始めたロレーヌたちを見つめた。

耳の性能は上がっているので、この距離でも聞き取れるかも、とちょっと思ったが、実際、聞き耳を立ててみると、これが全く聞こえない。

別に俺の耳が悪くなったわけではないことは、ロレーヌたちの服の衣擦《きぬず》れの音すら聞こえないことから明らかだ。

注意深く観察してみれば、ロレーヌが魔術を発動している。

音声を遮断する、風の魔術だ……。

まぁ、内緒話をするのだ、それくらいのことはすんなりやるか、と納得する。

それに加えて、疎外感を強く感じて、俺は膝を強く抱えた。

礼拝堂の端で、膝を抱えて潜む、漆黒ローブ、骸骨仮面の存在……。

まるで悪魔か悪霊であるが、これでも聖気持ちである。

むしろ天使に近いはずだ。きっと。

しばらくして、

「レント、もういいぞ」

というロレーヌの声が聞こえたので、膝に突っ伏した顔を上げる。

もう風の魔術の気配もなく、どうやら話は終わったらしい。

「……」

無言で俺が近づくと、ロレーヌが若干呆れたように、

「不貞腐《ふてくさ》れるんじゃない……まぁ、悪かったがな。しかし、女には男には明かせぬ話というものがあるものだろう？」

そう言った。

言外に、少しは察しろ、と言っているようである。

「……いや、別にいいんだけどな。ちょっと寂しかっただけだ」

本当に特に気にしてはいない。

十年迷宮でぼっちを極めた俺が、ほんの十数分程度ハブられてたくらいで落ち込むわけがない。

ただの悪ふざけというか、ポーズである。

そもそも、大体何を話してたかは分かるしな。

たぶん、俺のことだろ？

俺の何について話してたかまでは分からないが……。

「ならいい。ともあれ、リナとアリゼのことはもう心配いらない。これで安心して旅立てそうだな」

「ああ……そうだな。そろそろのんびりしていられる時間でもなくなってきたし、行くか」

俺がそう言うと、ロレーヌも頷く。

それから、俺たちは礼拝堂を出て、一旦リリアンのところに手紙を受け取りに行ってから、孤児院を後にした。

アリゼが馬車の見送りを、と言っていたが、彼女は彼女で孤児院でも古株の方で意外と忙しい。

それに加えて今生の別れというわけでもないので、ここでいいよと孤児院の入り口で別れの挨拶をした。

それから、三人で馬車乗り場に向かって歩きながら、リナに色々と注意事項を言っておく。

と言ってもそれほどのことでもないのだが……。

「とりあえず、修行は安全第一でな。無茶はしないことだ。それと、何かあったときはイザークのところに駆け込め。まぁ、滅多なことはないと思うが……」

それくらいのことである。

これにリナは頷き、

「はい、分かってます！　あっ、それとお土産期待してます！」

などと言う。

アリゼとは違って殊勝なところはなかった。

まぁ、こういう素直なところはリナの美点である。

アリゼは若干、子供らしさがないんだよな。

それは、孤児院で育ってきたため、かなり他人には遠慮がちになっているからだ。

俺たちに対してはそういうところが減ってきたように思うが、まだまだな。

もちろん、無理にどうこうすることではないのだが。

しかし、リナは土産と言うが……。

「……リナは王都の出身だろう？　今更、何を買ってきても新鮮味にかけるのではないか？」

ロレーヌがそう疑問を口にする。

確かにな。

今はこうして都市マルトで吸血鬼《ヴァンパイア》もどき見習いとして冒険者をしているリナだが、もともとは騎士の家のお嬢様である。

潤沢なお小遣いをもらって王都で散財の限りを尽くしてきたのだろうし、だとすれば、今更、お土産なんて……と思う。

俺がロレーヌに続けてそんなことを言うと、リナは慌てた様子で、

「そんな分かりやすいお嬢様はしてなかったですから！　そもそも騎士の家、貴族、と言っても、そんなに経済的に豊かだったわけでもありませんよ……。確かに、そういう人が貴族に多くいるのは事実でしょうけど、私の家は……そういうところ、厳しかったので。お家は大きかったですけどね」

そう言ってくる。

まぁ、俺も分かって言った冗談でもある。

爵位が高ければ高いほど、それに比例して経済的に豊かな者が増えていくのは事実だが、下の方の爵位の者の方が金持ちだったりすることも少なくないしな。

一番上の、公爵の位を持っていても、それより豊かな平民というのもいるわけだし。

豊かな商人なんてのはその代表である。

「じゃあ、やっぱり土産は必要だな。でも何がいい？　レントに任せると、きっと、おかしなものを買ってきたりするぞ」

ロレーヌがそう言うと、リナは懐から何かを取り出してきて、

「はい、どうぞ。ここから選んで何かを……！」

と言ってきた。

なんだなんだ、と手渡されたものを覗《のぞ》いてみる。

それは、粗い紙の冊子だった。

ロレーヌが、お前たちも自由に書き物に使っていいぞ、と気前よく俺とリナに提供してくれているものだな。

書き損じてもそれを粉々に砕いて再利用できる魔道具までおいてあるので、あまり紙の値段を気にせず使っている。

紙でも粗いものは安いんだが、それでも気軽に、というところまではないからな。

「……これは、王都の地図か。で、細かく書いてあるのは店の名前と名物だな？」

ロレーヌが後ろからのぞき込んで、そう言った。

リナはその言葉に頷いて、

「昨日、徹夜で作りました！　これさえあれば、王都観光は完璧です！」

などと言っている。

確かに、昨日、ロレーヌの家に戻ってきたリナに王都に行く話をしてから、どたどたと自室で忙

しそうな音がしていた。

なんだろうか、と思っていたが、こういうものを作っていたわけだ。

◆◇◆◇◆

「……観光じゃないんだけどな」

ぼそっと俺が呟くと、リナは、

「えっ。でも王都にはいっぱい楽しいところがありますよ？　色々見ておいて損はありません！」

と力説する。

都市マルトと比べ、王都ヴィステルヤは相当な都会である。

そもそもマルトはそこそこの規模があるとはいっても、結局は辺境の田舎都市だからな。

ヤーラン王国の首都に当たる王都と比べること自体が間違いである。

このマルトだと大きな商会にあるかどうかの昇降機だって、王都ならおそらくありふれているだろうしな。

それこそ《塔》や《学院》にはきっとあるだろうし、その辺の建物にもあるだろう。冒険者組合《ギルド》本部にもあったっけかな。前にも一応行ったが、あのときは慌ただしかったし、一階しか見物していないから記憶がない。まぁ、かなり巨大な建物だったし、たぶんあったんだろうと思う。

別に昇降機を見に行くわけでもないが、マルトにほとんどなくて、王都にはありふれているだろうものの代表として挙げてみただけだ。

「暇だったらな……お土産もあんまり期待するなよ」

たぶんそれなりに時間はあるとは思うが、それも絶対ではない。

ウルフが任せた仕事である。

何かこう、危険なものがあるような予感がしてならない。

人を迎えに行くだけで何が危険なのか謎だが、用心しておくに越したことはない。

「あぁ、あんまり時間がないときは王都入り口辺りに土産物店がありますから、そこでならぱぱっと買えちゃいますよ」

……諦めないな。

もともとリナは王都に住んでいて、愛着が深いのだろう。

ホームシック、とまでは言わないが、何か王都のものに久々に触れたいのかもしれない。

そう思って、そんなことをリナに尋ねてみれば、

「えっ？」

と首を傾げられてきょとんとした顔をされた。

まるで予想外のことを言われた、そんなことは考えもしていなかった、という顔である。

それを見たロレーヌが、

「……深層心理では思っているが、ほぼ無意識な行動だと言うことではないか？　リナは若干天然が入っているからな……あまり思い悩むようなタイプでもないし」

と推測を述べる。

確かに、出会った頃からリナはそういうタイプである。

普通の人間なら、喋る不死者《アンデッド》に会ったら死を覚悟するか死ぬ気で逃げるかとにかく倒そうとするかのどれかだ。

なんとなく喋っても大丈夫そう、とか普通は判断しない。

それに加えて自分が不死者《アンデッド》になってしまったら、もっと取り乱す。

リナも全く何も衝撃を受けていない、というわけではないだろうが、かなりあっさりとしたものだ。

お前、自分を棚に上げて何を言ってるんだ、という感じだろうが、俺だってそこそこ悩んではいるからな。

ただ、あんまり見たくない現実は振り返らないようにする、という癖が銅級からさっぱり上がれなかった十年間で染み着いていたから、同じようにしているというだけだ。

こうなっても俺の本質は変わっていないということだな。

そういう諸々を考えると、真剣に悩みすぎるようなタイプが不死者《アンデッド》になるのは向いていないのかもしれないな。

そういう奴は、いずれシュミニのようになってしまうのかもしれない。

俺やリナが、ああなると言う想像はまるでつかない。

人間に戻るのを諦めたとしても、せいぜい墓場で楽しく歌ってるくらいが終着点になるだろう。

ともあれ。

「……リナがホームシックに悩んでいる、というわけじゃないならいいか」

「表面上はな。心の奥底では王都が恋しい部分もあるのだろうし、土産ぐらい買ってきてやることにしよう。お前が忙しいなら私が時間を見つけて買っておくから」

「……ロレーヌの仕事がどんどん増えるな」

申し訳なくなってそう言えば、ロレーヌは不敵に笑って、

「それでもレントに比べたら楽かもしれんぞ」

と恐ろしいことを言う。

その言葉の意味は、何が起こるか分からないからよくよく注意しておけ、ということに他ならない。

「これ以上、あんまりおかしなことは、勘弁して欲しいんだがな……」

「最近のお前はトラブルを呼び込む体質になっているからな。諦めろ」

がっくりと来たが、真理である。

仕方なく運命を受け入れる覚悟を決めて、馬車乗り場に向かった俺たちだった。

◆◇◆◇◆

「お、ずいぶん遅かったな」

馬車乗り場に着くと、そこには意外なことに冒険者組合長《ギルドマスター》ウルフが俺たちを待っていた。

「なんだ？　忙しかったんじゃなかったのか？」

思わずそう尋ねれば、

「忙しいぞ。おまえたちを待っている間も、仕事をしていた」

そう言ってちらっと見せてきた書類には、王都から送られてきたらしい物資の納入記録が記載してある。

冒険者組合長《ギルドマスター》自ら、そんな雑用に取りかからなければならないとは、人手不足も本当に厳しいようだった。

そんな俺の考えを見抜いたのか、ウルフは、

「今日届く品の中に、俺が直接受け取らなければならないものがあったんだよ。いつもはやらねぇさ……それより、ほれ、約束の書類だ」

そう言って手渡してきたのは、革作りのケースに入った書類である。

かなり色々入っているようで、中を見ると厚い。

一枚一枚確認する気にならない……。

本当はこの場でしっかり確認しなければならないのだが、

「……ウルフを信じて馬車の中で確認することにしよう」

そう言った。

別に面倒くさいわけではない。

……きっと。

「おぉ、そうしろそうしろ。俺の仕事に間違いはねぇぜ。それと、お前が今回乗る馬車はこれになる。どうだ、なかなかのもんだろう？」

そう言ってウルフが示したのは、這蛇《はいだ》と呼ばれる巨大なトカゲが《馬》である馬車であった。

ヤモリとかイモリとかによく似ているが、その大きさは桁違いである。

種類としてはイモリの方が近いのかな。

足が速いのはもちろんだが、それに加えて水に潜っても平気であり、その気になれば船を引くことすら可能だというきわめて高性能な《馬》である。

見た目からあまり女性人気は高くないが、運送業界では引っ張りだこの人気者だ。

つまり、手配するには結構な手間とお金がかかったはずである。

「よくマルトでこんなもの手配できたな」

ロレーヌが少し感嘆したようにそう言った。

マルト周辺ではあまり見ない生き物である。

原産地が遠いんだよな、確か。

「ほとんど偶然なんだがな。運が良かっただけだ。ともあれ、これで王都までは少しは早く着くだろう。頼んだぞ」

ウルフがそう言ったので、俺たちは頷き、馬車に乗ったのだった。

◆◇◆◇◆

「そろそろ王都ヴィステルヤだ。身分証なんかを、準備しておいてくれ」

御者の声が響く。

都市マルトから五日、馬車に揺られてやっと辿《たど》り着いたようである。

幌《ほろ》の外を見ると、王都に入るための検査待ちの列に並んでいるところのようだった。

馬車は進んではいるが、先ほどまでとは異なり、かなりゆっくりとした速度になっている。

ちなみに御者は、しっかりとウルフが見つけてくれた、口の堅い人間だという話だった。

本来なら、それがどの程度信用できる話かは謎だが、ウルフだって俺が不死者《アンデッド》だ、なんて話はどこにも広めたくないだろうからな。

信用していい、ということになる。

それに加えて、その御者の顔には正直、俺もロレーヌも見覚えがあった。

ウルフの前では黙っていたが……。

「……王都の、特に貴族街から奥には数多くの結界や警戒設備があります。よくよく、お気をつけてくださいますよう……」

御者が、口調を変えてそんなことを言う。

その様子は、辺境都市マルト、などという田舎で活動する御者、というよりかは、よく躾《しつ》けられた執事、という雰囲気だ。

俺は彼の言葉に頷き、

「ああ。ただ、これさえあれば、反応しないってことでいいんだよな？」

俺はそう言って、ローブの内側、身につけている麻製の服に取り付けられたボタンを示した。

それを見て、御者は頷き、

「ええ。ただ、外した場合、どうなるかは分からないとのことです。せいぜい、貴族街でしたらまだ、何とかなるかもしれませんが、王城となると……。ただ、レント様でしたら、案外無反応である可能性も高いともおっしゃっていました」

そう答えた。

これにロレーヌは、

「レントは色々な判別機にすでにかけている。その結果を見る限り、私も無反応の方に賭けるが、用心するに越したことはないからな。私の方でも一応、いくつか対策は考えていたが、多くの特殊な魔道具を保有しているラトゥール家の協力を得られるのはありがたい。ただ……イザーク殿はあとでラウラ殿に叱られないのか？　彼女は眠っているわけだが」

そう尋ねた。

そう、この御者は、ラトゥール家の人間……人間じゃないか。

下級吸血鬼《レッサーヴァンパイア》であり、ラウラやイザークの部下にあたる。

どちらの眷属《けんぞく》なのかは分からないが、どっちにしろ俺の秘密をどこかに漏らす心配など一切ない、というわけだ。

というか、漏らす気になられたらもうその時点で詰むというだけだけどな。

ラウラにもイザークにも、俺は勝つことは出来ない。

単純な戦闘力でもそうだが、権力という意味でもだし、経済力という意味でもそうだ。

ここはもう、変に疑わずに信じて頼った方が気が楽というものである。

「ラウラ様は眠る前から、レント様のことをお気に召しておられました。ですから、レント様のために行動することを咎められることはないでしょう。それに、ラウラ様は滅多に怒ることのない方です。そのくらいのことでは、仮に意に反していたとしても笑って許されると思います」

ロレーヌの心配に、下級吸血鬼《レッサーヴァンパイア》はそう答えた。

結構自由な主従関係なのだな、と思う。

かといって、この下級吸血鬼《レッサーヴァンパイア》やイザークがラウラに対して反抗的、というわけでもないだろう。

信頼なのかな。

それとも、ラウラは本当に完全に反抗されても笑って許すタイプなのかもしれない。

……なんだか、そっちのような気がしないでもない。

嘘かほんとかは分からないが、吸血鬼《ヴァンパイア》は退屈を嫌う、という俗説がある。

それが事実だとしたら、暇つぶしになるなら反抗してくれても構わない、くらいの感覚を持っていたとしてもおかしくはない。

……おっかない話だな。

だとしたらイザークもこの下級吸血鬼《レッサーヴァンパイア》も全く信用ならないという話になってしまいかねないが

……まぁ、そこは気にしてもな。

さっきも言ったようにどうしようもないし、そこは諦めておこう。

もしものときはとにかく逃げる、それしかない。

幸い、俺たちには転移魔法陣があるし、王都からならあの古代都市を経由すれば容易に追いかけられないところまでだって逃げることが出来る。

「……では、そろそろ私たちの番のようです。検査を担当する門番の兵士が幌をあけて確認すると思いますので、身分証はそのときに提示してください」

そう言って、御者である下級吸血鬼《レッサーヴァンパイア》はまっすぐに前を向き、馬車を進めたのだった。

◆◇◆◇◆

「……乗客は二人、か？」

しばらくすると、先ほど下級吸血鬼《レッサーヴァンパイア》が言ったとおり、門番が幌をあけて覗いてきた。

俺とロレーヌは曖昧に笑う。

俺が笑ったって全然伝わらないわけだが、ロレーヌの微笑みはそこそこ効果があったのかもしれない。

門番の雰囲気が若干柔らかくなった。

別に一目惚《ひとめぼ》れした、とか色香に惑わされた、というわけではなく、大概、こういうときの馬車の乗客というのは疲れ切ってるからな。

笑顔なんて向けず仏頂面が多い。

笑顔を向けるのもいるが、そう言うのは大半、商人とか、入街に当たって門番が警戒すべき人間だからな。

ロレーヌのような、商人ではなさそうな若い娘が微笑みかけるのは珍しい、というわけだろう。

門番は若い娘には怖がられる対象だしな。

色々な意味で。

王都の住人であれば門番を見る目も違うんだろうが、初めて訪れた街の門番に微笑みかける若い娘は貴重だ。

とはいえ、

「……お前の方は、仮面？」

俺の方まで警戒が解かれるというわけでもない。

というか、俺は見るからに怪しいからな。

しかし、それでも説明すればいいだけの話だ。

俺は冒険者証を差し出しながら言う。

「顔に傷を負いまして……治す金を今貯《た》めているところなのです」

これに門番はなるほど、と言った表情で、しかし、確認しなければならないと思ったようで、

「一応、仮面をとって見せてくれるか？　一瞬で構わないんだが」

そう言ってきた。

俺としてはもう、外して見せてもいいんだが、これが外せないんだよな。

とはいえ、見せる方法はあるが……。

一応尋ねる。

「外すことは出来ないんですよ。これ、どうも呪われているらしくて」

「なに?」

怪訝な表情をした門番に、顔を差しだし、思い切り引っ張ってもらうように頼んだ。

不思議そうな顔で、しかしそう言うなら、と言われたとおりにした門番はすぐに納得し、なるほど、それなら仕方がない、と言った。

「まぁ、顔は見せてもらった方がいいんだが、冒険者証も真正なもののようだしな。構わないだろう。あとは……来訪の目的だが」

これも今回は素直に答えられる。

俺は言う。

「マルト冒険者組合《ギルド》から、王都本部の総冒険者組合長《グランドギルドマスター》への報告のため、派遣されてきました。あとで王都本部に参りますので、確認していただければ」

すると、王都本部の信頼は絶大なのか、門番は、

「なるほど。そういうことなら……分かった。後で確認しておこう。ただ、念のため言っておくが、それが虚偽だった場合には大きな問題になる。分かっているな?」

と少し凄んでくる。

本当に嘘なら怯《おび》えるべきところだろうが、全く嘘ではないので、

「はい、問題ありません」

そう頷いたので、門番も怪しいところはないと思ったらしい。

ロレーヌの冒険者証も改めた上で、入ってよし、と告げ、馬車は王都の門をくぐったのだった。

あとがき

皆さんお久しぶりです。

丘野《おかの》優《ゆう》です。

今巻、「望まぬ不死の冒険者9」をご購入くださり、大変ありがたく思っております。

昨今、世界の置かれている大変厳しい状況は、小説界も同様であるとよく耳にします。

そんな中、私の小説を買って読んでくださる方々のありがたみを、普段よりも強く感じております。

もしまだあとがきを立ち読みしているだけだ、という場合にはぜひレジまで持っていっていただけると大変ありがたいです……どうぞよろしくお願いします。

さて、前置きはこのくらいにしておいて、何かあとがきに書かなければ、と思うのですが、例によってあまり書くべきことが思いつきません。

小説は小説本文に書いてあることで完成しているのであって、あとがきに何か書け、と言われても困るという性質はずっと変わっていないということは、9巻まで読んでくださった方々にはすでに知られているところかと思います。

しかし、余白があるからには何かで埋めなければならない、というのが作家に与えられた業《ごう》でしょう。

そう思って何を書くか、と少し考えてみたのですが、普段は作者など表に出ない方がいいと思っている性質なので、自分のことについて書いたことはあんまりなかったな、と思いつきました。もしかしたら書いたことがあるかもしれませんが、とりあえず私の近況などをつらつら書いてみようと思います。

最近の私なのですが、非常に健康に不安を抱えておりまして、困っていたのです。

それは、特段何か病気にかかっている、というわけではなく、単純に不摂生がなせるもので……

つまりは、肥満と飲酒でした。

これらを改善しなければならぬ、とある日思い立ちまして、ジムに通うことにしたのです。

人がたくさんいる所はやはりよくないだろうという意識があり、よくある一対一で出来るパーソナルな奴《やつ》に期間を絞って通うことにしました。

その結果なのですが、数ヶ月でかなりの減量に成功し、またその期間、食事制限をしなければならなかったため、結果として飲酒量もほぼゼロになりました。

これによってある程度の健康を取り戻す目処《めど》が付いたのですが、意外なことは、身体的なことだけでなく、精神的な部分も前向きになったことです。

昨今の様々な事情の中、塞ぎ込むような精神状態になることが多かったのですが、体を動かしたからか、それとも飲酒を減らしたからか、どちらもかは分かりませんが、とにかく明るくなりました。

　何か趣味を持ってみよう、という気にもなってきて、一人で安全に出来るような何かを模索中です。

　精神的な健康というのは大事で、それを得られればいろいろなことが出来るなと心から思いました。

　本を読む、というのも心の平穏のために効果的だと聞いたことがあります。

　願わくは、私の書いた小説を読んでいただくことで、この世界情勢の中、少しでも皆様の平穏に寄与することができれば、と思います。

　では、また次巻でお会いできれば。

『望まぬ不死の冒険者』
漫画／中曽根ハイジ
原作／丘野 優
キャラクター原案／じゃいあん
ごごんにぢヴぁっ
おおで ヴぁ れんど…
ひぃっ!
コミカライズ連載中!!
コミカライズ最新情報はコミックガルドをCHECK!
http://over-lap.co.jp/gardo/

作品のご感想、
ファンレターを
お待ちしています

あて先

〒141-0031　東京都品川区西五反田 8-1-5 五反田光和ビル 4階
ライトノベル編集部
「丘野 優」先生係／「じゃいあん」先生係

スマホ、PCからWEBアンケートにご協力ください

アンケートにご協力いただいた方には、下記スペシャルコンテンツをプレゼントします。
★本書イラストの「無料壁紙」　★毎月10名様に抽選で「図書カード（1000円分）」

公式HPもしくは左記の二次元バーコードまたはURLよりアクセスしてください。
▶ **https://over-lap.co.jp/865549416**
※スマートフォンとPCからのアクセスにのみ対応しております。
※サイトへのアクセスや登録時に発生する通信費等はご負担ください。

オーバーラップノベルス公式HP ▶ **https://over-lap.co.jp/lnv/**

OVERLAP NOVELS

望まぬ不死の冒険者 9

発行　2021年6月25日　初版第一刷発行
2023年12月1日　第二刷発行

著者　丘野 優
イラスト　じゃいあん
発行者　永田勝治
発行所　株式会社オーバーラップ
〒141-0031
東京都品川区西五反田 8-1-5
校正・DTP　株式会社鷗来堂
印刷・製本　大日本印刷株式会社

ISBN 978-4-86554-941-6 C0093

【オーバーラップ　カスタマーサポート】
電　話　03-6219-0850
受付時間　10時〜18時（土日祝日をのぞく）

骸骨騎士様、
只今
異世界へお出掛け中
Ennki Hakari
秤猿鬼
illust. KeG
目立たず過ごす――はずだったのに!?
最強の骸骨騎士による
無自覚"世直し"異世界ファンタジー、
ここに参上!!
目覚めると「見た目は鎧、中身は全身骨格」のゲームキャラ"骸骨騎士"の姿で異世界に放り出されていたアーク。目立たず傭兵として過ごしたい思いとは裏腹に、ある日、ダークエルフの美女アリアンに雇われ、エルフ族の奪還作戦に協力することに。だが、その裏には王族の策謀が渦巻いており――!?
大ヒット御礼!
骸骨騎士様、只今、
緊急大重版中!!
OVERLAP NOVELS

コミカライズ
連載中!!
お気楽領主の
okiraku ryousyu no tanoshii ryouchibouei
楽しい
領地防衛
～生産系魔術で名もなき村を
最強の城塞都市に～
Sou Akaike
赤池宗
illustration 転
ハズレ適性の生産魔術で
辺境を最強の都市に!?
転生者である貴族の少年・ヴァンは、魔術適性鑑定の儀で“役立たず”とされる生産魔術の適性判定を受けてしまう。名もなき辺境の村に追放されたヴァンは、前世の知識と“役立たず”のはずの生産魔術で、辺境の村を巨大都市へと発展させていく――！
OVERLAP
NOVELS

[著]ニト [画]ゆーにっと
OVERLAP NOVELS
行き着く先は勇者か魔王か
元・廃プレイヤーが征く異世界攻略記
効率を求め、
成長を楽しみ、最強を極めろ
元・廃人ゲーマーによる
異世界攻略奇譚!
元廃人ゲーマーだった間宮悠人は、
謎の言葉とともに異世界へ転移してしまう。
異世界での能力は若返りと
ステータス画面を見られることだけ。
スキルと魔法のある世界で悠人はロキと名乗り、
持てる知識とゲームセンスを武器に
異世界を生き抜いていく──!
コミックガルドで
コミカライズ!